# SANGRE DE CAMPEÓN
# INVENCIBLE

# CARLOS CUAUHTÉMOC SÁNCHEZ

## SANGRE DE CAMPEÓN
# INVENCIBLE

la novela que sintetiza los 5 principios
reales para triunfar en la vida

Recomendado para lectores
mayores de 11 años
y adultos inclusive

*Ediciones Selectas Diamante, S.A. de C.V.*
**Líder mundial en novelas de superación**

**SANGRE DE CAMPEÓN**
# INVENCIBLE

Derechos reservados:
©2003 Carlos Cuauhtémoc Sánchez.
©2003 Ediciones Selectas Diamante, S. A. de C. V.

**ISBN 968-7277-49-1**
Convento de San Bernardo núm. 7
Jardines de Santa Mónica, Tlalnepantla, Estado de
México, C.P. 54050, Ciudad de México.
Tels. y fax: 53-97-79-67; 53-97-31-32; 53-97-60-20
Miembro núm. 2778 de la cámara nacional de la industria
editorial mexicana.
Correo electrónico: ventas@editorialdiamante.com
                          ediamante@prodigy.net.mx
Página web: www.editorialdiamante.com

Ilustraciones y diseño de portada: Alfredo Jaimes B.

IMPRESO EN MÉXICO
PRINTED IN MEXICO

# ÍNDICE

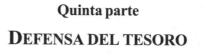

# EL MAPA

## introducción

# 1

Papá:

¿Te imaginaste cómo sería tu hija de grande? ¿Pensaste en lo sola que estaría? A veces siento mucho coraje contra ti y, a veces, al recordarte, se me hace un nudo en la garganta, pero no lloro. Nunca lo hago. Te necesito mucho, sobre todo ahora que estoy tan lejos de casa.

El profesor llegó hasta el lugar de Itzel, le preguntó qué estaba haciendo y ella cerró su cuaderno con rapidez. Entonces comenzó el regaño. La joven torció la boca y se tapó los oídos. Estaba cansada de ser corregida en un idioma que no entendía. El maestro se enfureció y señaló con el dedo índice la puerta de salida. Ella se puso de pie y murmuró en español.

—Imbécil...

—*What did you say?*

Caminó despacio y abandonó el aula. El maestro fue tras ella diciendo una serie de frases incomprensibles.

—Sigue hablando, me da lo mismo... —respondió Itzel alejándose por el pasillo—. ¿Quieres que me aviente por la ventana?, ¿que me vaya de rodillas hasta la frontera?, ¿que limpie los baños con la lengua? ¡De todas formas no voy a hacerlo!

Una compañera pelirroja salió del baño y quiso entablar conversación. Itzel se encogió de hombros y dijo:

—*Yes, yes, yes...*

La pelirroja insistió en hablar, pero Itzel abrió las manos en señal de impotencia y dio media vuelta hacia la salida del colegio. Se sintió frustrada. ¡Ella no era así!, su personalidad había cambiado. Antes podía discutir con fuerza o conversar amablemente. Solía ser aplicada, inteligente y activa. Ahora, en cambio, cualquier niña ignorante parecía sabia a su lado, y hasta los vagos pasaban por educados junto a ella. Muchas preguntas le martillaban en la cabeza. ¿Por qué la habían enviado a esa helada y pequeña ciudad en las montañas? ¿Por qué sus conocimientos de inglés no le servían para nada? ¿Por qué los *gringos* no tenían que preocuparse por viajar a otro país para aprender español?

—La vida es injusta —murmuró.

Sintió deseos de arrancarse los cabellos, correr, aventar cosas, patear la pared y gritar. Entonces vio la alarma contra incendio. Era una palanquita anaranjada. Para activarla sólo se necesitaba levantar una tapa. Volteó a su alrededor. El pasillo estaba solitario. Alcanzó la palanca y tiró de ella. Al instante, un agudo y penetrante ruido la invadió. El sonido fue tan fuerte que Itzel se arrepintió de inmediato. Volvió a jalar la palanca intentando callar la sirena, pero eso activó los aspersores de agua en el techo. Se oyeron los gritos de alumnos que se estaban mojando. Jaló la alarma una vez más y un nuevo sonido de emergencia comenzó a silbar afuera del edificio. Las puertas de las aulas se abrieron una tras otra, cientos de chicos salieron en tropel. Los profesores intentaban organizar la evacuación, pero nadie los obedecía. Algunos jóvenes, realmente asustados, sólo trataban de escapar, pero otros, divertidos por la interrupción de las clases, aprovechaban para empujarse y colocarse debajo de las regaderas. En un abrir y cerrar de ojos, grupos completos de adolescentes pasaban al lado de Itzel rumbo a la salida. Ella se unió a la procesión sintiendo que el corazón le saltaba. ¿Qué había hecho? ¡Los salones estaban llenos de libros y aparatos! ¿Se estarían mojando? ¿Y la biblioteca? ¿Y el laboratorio de computación? Trató de calmarse. El sistema debía prevenir errores; no podía destruir el material didáctico con una falsa alarma... —aunque ella había activado *tres* falsas alarmas—. De cualquier modo, un incendio real no se apagaría con esas fuentecitas. Se necesitaba la ayuda de... ¡Oh, no!

Se oyó el sonido de las sirenas por la calle.

Salió con todos sus compañeros al patio. El césped estaba cubierto por un manto de nieve. Algunos maestros trataban de formar filas. En unos minutos, todos los alumnos de la secundaria estaban afuera. Habían llegado bomberos y policías.

Dos inspectores entraron a la escuela mientras otros esperaban atentos a sus radios. Profesores y alumnos murmuraban tratando de adivinar qué había provocado ese caos.

En pocos minutos, las sirenas se callaron y los inspectores reaparecieron para dar su informe. Se desató una ola de murmullos. Los jefes de bomberos y policía se pararon junto al director de la escuela. Preguntaron quién era el responsable. Hubo un momento de tensión. Todos los estudiantes guardaron silencio. El director volvió a preguntar, esta vez con mucha más energía. Nadie dijo nada. De pronto, una chica pelirroja levantó la voz y señaló a Itzel. Cientos de miradas se volvieron hacia ella. El tiempo pareció detenerse un instante. El director de la escuela avanzó entre las filas y preguntó algo a la joven que estaba siendo acusada, pero ella no contestó. El jefe de bomberos se acercó también para cuestionar si había sido ella. Aún en inglés, sus palabras eran claras. No tenía caso mentir. Itzel afirmó. El policía se les unió, tomó a la chica del brazo y la apartó. Ella se dejó llevar. Trató de tranquilizarse pensando: «No pueden hacerme nada, sólo regañarme... soy menor de edad, tal vez me obliguen a limpiar la escuela mojada, ¡o quizá me saquen del país! Eso sería bueno porque lo único que deseo es regresar a mi casa».

La hicieron pasar a una oficina.

# 2

Gordon Hatley enrojeció cuando escuchó los pormenores de lo que había hecho Itzel. Comenzó a regañarla casi a gritos. Tiffany quiso controlar a su marido, pero éste se enfureció aún más. Itzel vivía con ellos desde hacía tres meses. Gordon era legalista, cuadrado, adicto al trabajo y sumamente explosivo. Tiffany, en cambio, era cordial, tolerante e incluso un poco tonta.

El policía dio un documento al director del colegio y otro al tutor de la niña. Gordon casi se fue de espaldas cuando vio el papel. Luego se lo restregó en la nariz a Itzel. La chica se sintió humillada y se negó a mirarlo. Tiffany tomó la hoja y explicó en su escaso español:

—Ser - orden - arresto. Pagar - fianza. Ir - corte - explicar juez.

Gordon interrumpió:

—*Moreover, you have been expelled from school!*

Itzel lo entendió a la perfección: había sido expulsada de la escuela. Lo que no supo fue si la suspensión era definitiva o temporal.

Gordon condujo hasta la comisaría y se bajó del coche azotando la portezuela. Tiffany permaneció en el vehículo tratando de explicarle a Itzel por qué era tan grave lo que había hecho, pero la chica cerró los ojos y fingió estar dormida. Después de unos minutos, Gordon regresó. Había pagado la fianza y obtenido una cita para la corte.

—*I have to talk with your mother about this.*

Itzel ya lo sabía. Gordon hablaría a México para acusarla. Eso era lo único que le dolía. Su mamá era una gran mujer, y estaba haciendo un enorme esfuerzo para enviarla a estudiar al extranjero. Quiso suplicarle a Gordon que no la acusara, que ella pagaría con trabajo las consecuencias de su error, quiso pedir perdón por todos los inconvenientes que causó, pero sólo pudo decir.

—*Don't do that!*

—*Oh, yes, I will* —contestó el hombre.

En cuanto llegaron a la casa, Itzel corrió a la habitación de Jerry, el hijo mayor de los Hatley, quien, por el programa de intercambios escolares, estaba en Europa aprendiendo francés.

Itzel se tapó la cara con la almohada. Después de unos minutos, alguien tocó a la puerta. Era Tiffany.

—Tu - mamá - querer - hablar - teléfono.

Itzel se puso de pie y se burló haciendo un tono gangoso:

—*E.T. - phone - home?*

—*Excuse me?*

Tomó el aparato inalámbrico.

—¿Hola?

—¿Estás bien, hija?

Itzel asintió arrugando la nariz.

—¿No puedes hablar?

Movió la cabeza en forma negativa.

—Me gustaría que me explicaras qué pasó, pero sobre todo quiero saber cómo te sientes y si puedo hacer algo para ayudarte. Escríbeme un correo electrónico, por favor.

—Sí, mamá. Lo haré.

Colgaron el teléfono. La chica fue a la computadora de Jerry y trató de conectarse a internet, pero la máquina le solicitó una clave de acceso. Sentía la mente bloqueada y optó por apagar el aparato.

# 3

Papá:

Prefiero escribirte a ti porque no puedes contestarme ni regañarme. ¡El silencio es tu castigo por haberte subido a esa estúpida avioneta! Siempre fuiste un inmaduro. Te gustaban los deportes extremos y los juegos de adrenalina. Decías que te fascinaba bucear en cuevas y aventarte en paracaídas. Querías que yo creciera para llevarme a las montañas rusas. Ya ves. He crecido y le tengo miedo incluso al carrusel. ¿Cómo la ves? Al menos no me mataré de la forma idiota en que tú te mataste. En lo que sí me parezco a ti es en lo malhablada e imprudente. Dicen que lastimabas a la gente con tu sinceridad. Lo siento, yo soy igual. Algo tuyo tenía que heredar. ¿Estás enterado de mis últimas aventuras en este pueblo nauseabundo al que mi mamá me mandó dizque para aprender inglés? Déjame ponerte al corriente. No he aprendido inglés, pero sí he aprendido lo que se siente ser un ciudadano de segunda clase, que tus compañeros te ignoren, y que las autoridades te maltraten.

Hoy en la mañana Gordon me llevó a la corte. Fue una experiencia horrible. La sala estaba alfombrada y tenía vidrios relucientes, una bandera enorme y el escudo nacional de Estados Unidos tallado en madera, igual que en las películas, sólo que éste era una especie de juzgado comunal en el que se realizan juicios rápidos. Los acusados sentados frente al juez esperaban ser llamados a declarar. El fiscal recitaba los cargos, el inculpado se defendía, a veces con la ayuda de un abogado, y finalmente, el juez dictaba su sentencia. ¿Sabes qué fue lo que más me llamó la atención? ¡Que en la sala casi no había bolillos! (Yo les digo así a los gringos que tienen el cabello amarillo y la piel blanca como bolillo). La mayoría de los acusados eran latinos, negritos y árabes de mal aspecto.

¿Por qué sería? ¿Tú crees que los bolillos no cometen infracciones? ¡De seguro las cometen, pero son tratados mejor que los inmigrantes y rara vez los mandan a esos galerones! Es muy desagradable. Te revisan veinte veces antes de entrar, te quitan la bolsa, el celular y todas tus pertenencias. Luego te obligan a sentarte y te dejan ahí durante horas. Mientras tanto, ves todo lo que pasa alrededor. Los policías armados hasta los dientes se mueven con prepotencia. Los guardias se portan groseros. Las secretarias son sarcásticas. Una mujer, cerca de nosotros, quiso discutir y recibió tal cantidad de gritos que terminó pidiendo perdón. Los policías siguieron amenazándola hasta hacerla llorar. En ese lugar sólo está permitido agachar la cabeza y declararse culpable. Cualquier protesta se interpreta como rebeldía y es fuertemente castigada. Gordon Hatley se la pasó todo el tiempo inflando los cachetes como sapo. Me hubiera gustado tener un alfiler.

Después de casi cuatro horas de espera nos hicieron pasar con un oficial que nos empezó a preguntar cosas. Yo no entendí, pero vi la arrogancia del sujeto, y después de un interrogatorio insoportable me harté, me golpeé el pecho con el puño cerrado y dije: «soy culpable, culpable, culpable, culpable...» El tipo pareció entender mi burla, comenzó a regañarme e hizo una seña. Inmediatamente llegaron tres policías y me llevaron a un cuarto en donde me tomaron fotografías y me hicieron estampar mis huellas digitales. ¡Qué absurdo! ¿No te parece, papá? Ni que hubiera matado a alguien. ¡Ahí me tuvieron sentada un rato más! Varias personas entraron a regañarme. Quise pararme y me obligaron a sentarme. Estaba a punto de estallar cuando me llevaron de nuevo con el juez. Gordon habló por mí, pero a esas alturas yo estaba tan humillada que cuando el juez comenzó a sermonearme otra vez, me jalé de los cabellos y comencé a gritar. No lloré porque yo nunca lloro, pero estuve a punto de hacerlo.

Fue lo más horrible que me ha pasado. Nos dieron una tarjeta anaranjada con las conclusiones de la corte. Gordon dejó que me quedara con ella, de recuerdo. ¡La porquería está en inglés! En la primera oportunidad me voy a sonar la nariz con ella, o algo peor.

¡Papá, estoy harta! La psicóloga dice que yo necesitaba venir a este pueblo para que se me quitara el trauma de haberte perdido. Eso es estúpido e infantil. ¿De qué me sirve conocer el lago que a ti te fascinaba? Muy bien, ya lo conocí, ahora quisiera largarme. Aquí me siento como encarcelada. Tiffany no me deja ni respirar. Me vigila, trata de darme consejos en su medio español y todo el tiempo está insistiendo en que me haga amiga de su hija Babie. ¡Babie! Tiene nombre de perro, ¿no te parece? (¡Hey, ven, Bobi, Bobi!).

Bueno, papá, espero que tú sí te la estés pasando bien. Al menos el último vuelo en avioneta debió ser muy emocionante.

Perdóname. Escribo puras burradas, pero es que me da rabia no tenerte cerca cuando más te necesito. ¡Me haces mucha falta! No tienes una idea... Una niña a los catorce años puede sobrevivir sin tener novio o amigos, pero definitivamente no puede estar sin un papá... Al menos yo no puedo...

¡Otra vez estoy apretando los dientes para no llorar!

Sólo quiero que sepas que te adoro.


Itzel.


# 4


Dobló la carta y la guardó en su maleta. Después salió de la casa sigilosamente. Estaba nublado y la fina precipitación de nieve no cesaba. Apenas era noviembre y ya se podía sentir la llegada del crudo invierno.

Deambuló por la calle un largo rato. A su izquierda, el enorme lago, al que no deseaba ni acercarse, se congelaba cada vez más. A su derecha, las sillas colgantes que transportaban a los esquiadores a la cima de la montaña se desplazaban con lentitud. Era un paisaje móvil pero aburrido. La mayoría de las canastillas iban solas.

Subió la escalera hecha con lámina de agujeros aserrados y entró a la cafetería de la montaña. Dos esquiadores bebían chocolate caliente después de una jornada de deporte. Había muchas mesas vacías. Itzel tomó asiento y respiró hondo mirando por la ventana.

De pronto, la puerta de la cabaña se abrió y apareció un profesor de esquí seguido por tres muchachos y dos chicas. Todos arrastraban sus pesadas botas mientras se quitaban cascos, guantes y *goggles*. Parecían exhaustos. El traje del maestro tenía bordada en el hombro la palabra *coach*. Los chicos portaban en el mismo sitio la leyenda *ski team*. Apenas se acomodaron en las bancas, el *coach* comenzó a hablarles. Itzel observó la escena y quedó asombrada por tres razones: Primero, él era un hombre moreno, bajo de estatura, con facciones toscas y la pierna derecha lastimada. ¿Un latino minusválido dando clases a jóvenes norteamericanos? ¡Absurdo! En segundo lugar, el hombre pronunciaba el inglés de manera tan clara que Itzel comprendía a la perfección y, en tercer lugar, como líder, desbordaba gran optimismo, daba palmadas en el brazo a sus muchachos, trazaba líneas en el aire y transmitía un entusiasmo extraordinario.

Al final, los chicos recogieron sus cascos, guantes y *goggles* y se despidieron. El más fuerte y apuesto de los muchachos le dijo al entrenador.

—Gracias por todo, Ax. Que tengas buen día.

—Tú también, Rodrigo. Hiciste un gran trabajo hoy.

¡Hablaban español!

Los chicos volvieron a la nieve. El entrenador caminó hacia el mostrador de la cafetería. ¡Usaba un bastón y arrastraba la pierna! ¿Cómo daba clases de esquí así? Itzel, sorprendida y cautivada por la idea de hablar en su propio idioma con una persona tan interesante caminó hacia él y le tocó el brazo por un costado.

# 5

—Oiga, señor. Me gustó el entusiasmo de su equipo... ¿Se preparan para alguna competencia?

—Sí...

Extendió la mano y lo saludó.

—Soy de México. Me llamo Itzel. Estoy aquí de visita por un año. Me mandaron porque mi mamá dice que tengo que superar un trauma y, de pasada, aprender inglés, pero ni estoy loca ni me gusta el inglés. ¿Qué le pasó a usted en la pierna?

El entrenador sonrió y frunció las cejas.

—Tuve un accidente.

—¿Esquiando?

—No.

—Ah... —por un momento no supo cómo proseguir la charla—, oiga —se le ocurrió algo—, ¿sabe dónde puedo recibir clases de esquí en español?

—En ningún lado.

—Pero...

—Tú estás aquí para aprender inglés. Aunque te inscribas en otras clases, no deben ser en español; ni siquiera bilingües.

—Ya le dije que odio ese idioma.

—El odio suele ser producto de la falta de conocimiento. Esfuérzate en hablar. No tengas miedo de equivocarte. Dile a la gente que estás aprendiendo. Si no entiendes algo, pide que te lo repitan o te hablen más despacio.

—¡Pero me siento una tonta cuando no entiendo!

—Pues grábatelo en tu mente: ¡No eres tonta! Al contrario, eres aventurera, valiente, emprendedora, intrépida. Por eso quieres superarte. ¡Siéntete orgullosa de eso y deja de quejarte!

—Se dice fácil...

—¡Lo es si te decides! Se parece a la natación: o te metes al agua o nunca aprenderás. Los inmigrantes que buscan amigos, revistas y canales de radio o televisión en su idioma, como para mantenerse en la orilla del lago, jamás llegan a la meta... Si quieres triunfar, debes salirte de tu zona de confort ¡y echarte un chapuzón! Es incómodo y riesgoso, pero te garantizo que funciona.

—¿Y si me ahogo?

—Hay ramas y piedras sobre las que puedes apoyarte. ¡Pon todos tus sentidos en el esfuerzo y lo lograrás! Muchas personas lo hemos hecho. ¿Por qué crees que tú no?

—Está bien —comentó Itzel—, en ese caso, necesito clases de natación —rio—, usted me entiende.

El hombre asintió.

—¿Tienes un papel? Voy a darte mi número telefónico.

—¡Claro!

Itzel sacó del bolsillo el cartón anaranjado que le dieron en la corte.

—Aquí puede escribir.

El entrenador hizo una mueca de asombro.

—¡Qué es esto! ¿En qué líos andas metida? ¿Consumes drogas?

—¡No!

—¿Entonces, robaste algo?

—¡Sólo hice una travesura!

—¡Esta tarjeta no se la dan a los que hacen travesuras! ¡Es para quienes han sido clasificados como casos graves.

—Yo no soy un caso grave.

—Pues acabo de expulsar a dos de mis mejores deportistas por coleccionar hojas como ésta.

Itzel frunció el gesto y dijo:

—¡Eso es una estúpida exageración! Yo sólo...

De inmediato se arrepintió de decir la mala palabra, pero ya era tarde. El hombre la miró con pesar. No parecía enojado, sino decepcionado. Preguntó con voz triste.

—¿Ya leíste las letras en mayúsculas que están escritas por el reverso de esta tarjeta?

—No.

—Pues deberías hacerlo...

En ese momento se escucharon los gritos de un chico que se acercaba, desesperado.

—*Help! Help! There is a fight over there!*

Dos jóvenes se revolcaban por la nieve mientras otros dos, de pie, se propinaban patadas y puñetazos. La confusión aumentó cuando llegaron refuerzos de ambos bandos. En unos segundos había varios muchachos dándose golpes.

El entrenador tomó su bastón y, arrastrando su pierna inútil, pero a toda prisa, fue a tratar de parar la pelea. Casi al momento, un guía de la montaña uniformado con traje rojo descendió esquiando a toda velocidad, se quitó los esquís y ayudó a detener a los muchachos. Hubo puñetazos al aire, gritos, amenazas e intentos de reiniciar la gresca. Los tres jóvenes del equipo fueron controlados, mientras los enemigos se ponían sus esquís y se retiraban gritando amenazas.

—¿Qué pasó aquí?

Los chicos comenzaron a explicar arrebatándose uno a otro la palabra. El hombre del traje rojo le dijo en español al entrenador:

—Debes tener cuidado. Esos tipos son peligrosos y están furiosos porque los corriste.

—Sí, lo sé, pero no quiero delincuentes en mi equipo.

Itzel ya no se atrevió a pedirle su número de teléfono.

Dio la media vuelta y se fue.

En cuanto entró a la casa de los Hatley, se vio reflejada en el vidrio de la sala y pudo analizar su imagen desarreglada. No se había bañado en dos días y usaba ropa arrugada y sucia. Recordó las palabras del *coach*. «¿En qué líos andas metida? ¿Consumes drogas? ¿Robaste algo?»

Analizó el cartoncillo anaranjado. Se encerró en su cuarto y, con ayuda de un pesado diccionario, tradujo palabra por palabra, luego revisó las oraciones y volvió a escribirlas para darles un mayor sentido. La advertencia de la corte escrita en esa tarjeta era abrumadora:[*]

Usted cometió un delito federal. Por eso ha tenido que pagar una sanción y posiblemente quede registrado como trasgresor en los archivos de la policía. Es del interés del condado y de la comunidad recordarle que usted es una persona muy valiosa, capaz de dejar un legado positivo al mundo. Siempre que se vea tentado en el futuro a cometer un ilícito, recuerde que la ley es implacable; tarde o temprano usted sufrirá las consecuencias de sus faltas y poco a poco su vida quedará destruida. Por otro lado, recuerde que puede elegir realizar actos nobles, valientes y útiles para sobresalir provechosamente; estos actos serán recompensados por la sociedad y a la larga ennoblecerán su persona y enaltecerán su nombre. No se sienta agraviado por la multa que le fue impuesta, al contrario, siéntase agradecido porque aún tiene la oportunidad de cambiar su actuación en la historia. El condado lo motiva a que este contratiempo se convierta en el trampolín hacia el éxito que usted merece.

Itzel analizó la traducción y se quedó inmovilizada por una enorme pesadez.

¡Esa era la tarjeta que le daban a todos los criminales!

Se sentía como un animal atrapado debajo de un tronco.

Entre agarrotada y asfixiada, se quedó dormida.

# 6

Regresó a la escuela después de estar cinco días suspendida. En cuanto salió de clases fue directo a la montaña. Las sillas colgantes funcionaban como siempre, pero muy pocos esquiadores bajaban por la ladera. Esperó junto a las pistas durante casi dos horas. Ni el entrenador ni su equipo aparecieron. A cambio de eso, el guía de la montaña, con su traje rojo, pasó junto a ella varias veces y la miró con curiosidad.

Volvió triste a casa.

—¿Estar - bien - Itzel? —le preguntó Tiffany.

—Sí.

—¿Por qué - ir - montaña?

—¿Me está espiando? ¡Déjeme en paz! *Leave me alone.*

Y se encerró en su cuarto.

Durante los siguientes días, acudió nuevamente a buscar al entrenador. No tuvo éxito. Al final de la semana, entró a la cafetería de esquiadores, se sentó y miró por la ventana. De pronto adivinó una presencia detrás de ella. Giró el cuerpo.

—¿Por qué me fastidias, Tiffany? Oh, perdón, digo, *I'm sorry*, pensé que era...

El especialista en rescate la observaba.

—*Do you have a problem?*

—No. No tengo problemas. Es sólo que..., ¿usted habla español?

—Sí. Te he visto por aquí varios días. ¿Buscas a alguien?

—Al entrenador de esquí.

—Está de viaje. Si me dices qué necesitas, tal vez yo pueda ayudarte. Me llamo Alfredo Robles y soy venezolano.

Itzel lo observó de frente. Era un hombre atlético, pero muy feo. Aunque se dio cuenta que no debería arriesgarse hablando con desconocidos, ya era demasiado tarde para mostrarse selectiva.

—No sé exactamente que tipo de ayuda necesito —comenzó—. Me llamo Itzel, soy mexicana. Vine aquí por un año y me ha ido muy mal. Voy a la escuela de *Pine Oak*, pero no tengo amigos porque no puedo comunicarme. Traté de entrar al equipo de gimnasia y ni siquiera me dieron la oportunidad de examinarme. ¡Piensan que soy tarada! Hace algunos días hice una travesura ¡y me llevaron a la corte! Ahí me dieron esta tarjeta —se la mostró, pero a él no le interesó leerla—. Por casualidad conocí al entrenador de esquí esa tarde. Vio mi tarjeta y pensó que yo era delincuente. Quiero borrar la imagen que le di porque necesito tener un maestro que hable mi idioma —titubeó—, antes de que estalle. Los *bolillos* me han maltratado. Los odio. Aquí todos son cuadrados, rígidos y exigentes.

El hombre respiró despacio, se quitó los guantes, los puso sobre la mesa y tomó asiento junto a la chica.

23

—A ver, hija —dijo—. Estamos en una cultura distinta, con muchos defectos pero también con muchas cualidades.

—¿Ahora me va a decir que usted es un latino frustrado que admira a los *bolillos*? ¿Qué cualidades pueden tener?

—Tienen una excepcional: Siguen sus mapas con mucho rigor.

—¿Cómo?

—Para ir de una ciudad a otra, esquiar en la montaña, hallar un tesoro escondido y mucho más, sólo necesitas tener buenos mapas y respetarlos.

—¿De qué diablos habla? ¿Acaso en nuestros países no tenemos mapas?

—Los tenemos, pero no somos, como tú dices, tan «cuadrados, rígidos, y exigentes» para obedecerlos.

—¡No entiendo! ¿Qué son los mapas?

—Las leyes, Itzel. ¡Las leyes! Muchas de las nuestras deben modernizarse, pero la mayoría funciona. El problema es que no se cumplen. En Estados Unidos hay una política de cero tolerancia en el seguimiento de los mapas. Las reglas son inflexibles y tajantes. La autoridad castiga a los infractores ante la más mínima falla. Si alguien se equivoca poco, lo reprenden mucho, y si se equivoca más lo arrestan, lo llevan a la corte y le hacen el gran circo. Son exagerados para regañar a quien quebranta las leyes. Mentir es un delito, hacer trampa es un crimen, pasar las líneas amarillas es una fechoría. Conozco a cierta joven que fue expulsada de la universidad sólo porque copió un artículo de internet y dijo que ella era la autora. También he visto policías que detienen a niños cuando tratan de robarse dulces. Mientras en nuestros países la mayoría de la gente considera que la autoridad es inepta, corrupta, o tonta, aquí hay un excesivo acato a las normas y a quienes están encargados de hacerlas cumplir; el sistema le enseña a la gente desde su niñez que tiene libertad para todo, menos para desobedecer los mapas.

—A ver, a ver, ¡momento! —objetó Itzel—, ¿y por qué si las personas en este país son así de rectas hay tanta drogadicción, inmoralidad sexual y delincuencia escondida?

—Bueno, porque casi todos obedecen las leyes, no por convicción sino por miedo; le temen a los castigos, y cuando están solos o «escondidos», como tú dices, se desquitan. ¿Has sabido de jóvenes norteamericanos que en sus vacaciones de primavera se van a otros países para hacer desmanes, emborracharse, drogarse y desnudarse? ¡Es algo muy común! Pero, aquí, públicamente, casi nadie se porta mal, porque si es descubierto tiene muy pocas probabilidades de quedar impune. Los mismos latinos, que a veces son tramposos en sus países, donde muy pocos siguen los mapas, cambian al llegar a Estados Unidos, ¡respetan las señales de tránsito y se forman detrás de las líneas!, porque «a la tierra que fueres haz lo que vieres», y aquí no tienes otra opción más que *obedecer* las leyes. ¡Jamás se te ocurra desafiar a un policía o hacerte chistosa con la autoridad porque serás tratada como delincuente!

—Lo sé. Ya me ocurrió.

—A la mayoría nos pasa alguna vez. Es terrible, pero, por otro lado, eso te da la ventaja de que si alguien comete el más mínimo abuso contigo, puedes acusarlo con un superior, demandarlo y hasta exigir una compensación. Casi todos han tenido que pagar sanciones por hacer algo mal, así que con el paso del tiempo la misma gente se convierte en policía. Los norteamericanos se cuidan unos a otros. Son celosos de la ley, se la pasan denunciándose y enseñando a los demás cómo deben comportarse. Al principio es muy molesto, pero con el tiempo te acostumbras.

—Vaya —suspiró Itzel—, suena como estar en una prisión llena de gente hipócrita.

—No es así. Algunos aprenden los mapas, se convierten en personas rectas y se conducen honradamente aunque nadie los vea, incluso aunque viajen a Latinoamérica. Su integridad ya no tiene que ser vigilada por otros, pues la tienen tatuada en el cerebro.

—¡Pero entre los jóvenes existe un gran libertinaje sexual! —insistió Itzel.

—Posiblemente. No todo es bueno en esta cultura.

La chica dejó de sentirse agredida y captó el mensaje. Había muchas cosas que aprender, y otras que evitar.

—¿Y usted —preguntó después—, tuvo que sufrir mucho para adaptarse aquí?

—Yo crucé la frontera de manera ilegal. ¿Sabes lo que eso significa?

—Más o menos.

—¡Una pesadilla, Itzel! Tuve que caminar varios días en el desierto de Arizona. Me quedé sin agua y sin comida; vi alucinaciones, sentí que las piernas no me obedecían y la lengua se me pegaba al paladar. Me desmayé y estuve a punto de morir. Un campesino norteamericano me rescató y me ofreció trabajo. Al principio se lo agradecí, pero luego comprendí que sólo deseaba estafarme. ¡Me obligaba a cultivar la tierra bajo condiciones terribles, y casi no me pagaba! Un día quiso azotarme y no lo permití; peleamos; al final lo dejé mal herido y tuve que escapar. Para no ser atrapado por las autoridades, me subí a un tren de carga y viajé durante varios días. Al fin llegué a los suburbios de una ciudad enorme. Ahí conocí gente que hablaba español. También eran ilegales. Me enseñaron a robar y aprendí el inglés de los delincuentes: sólo majaderías y amenazas. Hasta que una noche... —interrumpió su relato con la vista fija en un punto; era evidente que sus recuerdos lo lastimaban—. Mis compañeros y yo quisimos robar dinero a un hombre que caminaba solo. El tipo trató de huir y dos de mis amigos le dispararon por la espalda. Se arqueó y lanzó un terrible grito antes de caer. Fue escalofriante. Yo nunca había visto un asesinato. Mis compinches cargaron el cuerpo, lo metieron a un enorme tanque de basura y corrieron. Yo no pude moverme. Estaba en *shock,* dándome cuenta de lo hondo que había caído. ¡Cuando salí de casa sólo soñaba con hallar un buen trabajo y regresar con suficiente dinero para ayudar a mi madre y a mis hermanos! ¿Cómo había permitido que las cosas se salieran de control? Sentí un gran remordimiento. Fui al tanque de basura y levanté la tapa. ¡El cuerpo del hombre se movió ligeramente! ¡Seguía vivo! Corrí a la calle principal. Una patrulla rondaba la zona. Le hice señales para pedir ayuda. Los policías llegaron y les expliqué, con ademanes, lo que había pasado. Encontraron al moribundo, y en menos de diez minutos llegó la ambulancia. Me metieron a la cárcel.

Volvió a detenerse. Itzel se sintió un poco tonta ante ese impactante relato. ¿Ella se quejaba de no poder comunicarse? ¡Qué absurdo!

—¿Y cuánto tiempo estuvo en la cárcel? —preguntó.

—Sólo unos meses. Fue algo muy extraño porque yo había entendido que mi sentencia era de varios años, pero alguien abogó por mí. Según me explicaron, estaría bajo la custodia de la persona que se había ofrecido a ayudarme. Iba a tener que trabajar, acudir a una terapia, vivir en la casa de mi protector y seguir reglas muy estrictas. Comprendí todo cuando abandoné las celdas y lo vi. Lo reconocí de inmediato, aun estaba en silla de ruedas. Una de las balas que entró por su espalda le había dañado la columna vertebral.

*El mapa*

—¡El hombre a quien le salvó la vida! —adivinó Itzel.

—Sí. Me llevó a vivir con él. Fue lo mejor que pudo pasarme. Aprendí mucho. Habla varios idiomas. Además de ser antropólogo, se volvió deportista, pues para rehabilitarse de su herida neuronal tuvo que entrar a un programa de ejercicios muy estricto. Incluso participó en competencias atléticas de discapacitados. Yo lo acompañé. Después de muchos meses, se levantó de la silla de ruedas y comenzó a caminar apoyado en una sola pierna.

Itzel tragó saliva y preguntó:

—¿Y... ahora esquía?

—Sí...

—¡Dios mío! —exclamó la joven—... ¡Es él!

# 7

Alfredo continuó:

—Mi protector me dio un mapa que me ayudó a lograr todas mis metas. Aprendí a hablar inglés, tomé cursos de rescate alpino, conseguí un trabajo digno y una bella esposa.

Itzel sopló impresionada por la historia.

—¡Yo sabía que ese entrenador era especial! —dijo—, tuve el presentimiento desde que lo vi. ¿Cómo se llama?

—Axtotliec. Es un nombre indígena; significa luchador incansable. Aquí le decimos Ax, que quiere decir «hacha».

—¿Y usted me puede explicar en qué consiste su mapa?

—Bueno... te lo puedo comentar, pero no descubrirás el poder que tiene hasta que lo estudies con detalle, y yo no soy la persona indicada para enseñarte.

—¡De todas formas dígamelo! ¿Cómo voy a actuar si nadie me dice cómo? ¡Por favor! También estoy pasando por una crisis.

El hombre observó a la chica con atención y asintió.

—Los «mapas de pasos» nos muestran el procedimiento exacto para llegar de un punto a otro. Son pliegos con instrucciones precisas. El mapa que te ayudará a lograr cualquier meta tiene cinco pasos. Primero, armar una «cueva de estrategia» para organizarte, planear y prever; en la *cueva* te convertirás en un agente de inteligencia para tu propia vida. Segundo, establecer un «código secreto» con declaraciones personales de éxito que se volverán tu guía de conducta. Tercero, usar un «disfraz de capitán» que te dé la apariencia de triunfador. Cuarto, «participar en misiones complejas» y atreverte a enfrentar grandes retos. Quinto, «defender el tesoro de tu tiempo» y poner en orden tus prioridades para saber a qué personas o actividades dedicarás tu vida.

Itzel se quedó pensando.

—¿Usted podría enseñarme más a fondo ese mapa?

—Ya te dije que no soy la persona indicada.

—¿Por qué? ¡Conoce los pasos y los ha practicado!

—Sí, pero no soy maestro. Enseñar es un don.

Ella suspiró.

—¿Entonces?

—Voy a darte la dirección de Ax. Él regresa mañana. Ve a verlo. Tal vez acepte ayudarte.

—Lo dudo.

Una voz masculina los interrumpió.

—Hola, papá.

Itzel giró la cabeza. Dos apuestos muchachos se habían acercado hasta la mesa. Ambos traían la chamarra del equipo de esquiadores.

—Hola —dijo Alfredo echando un vistazo a su reloj—. El tiempo se me fue volando. Itzel, te presento a Rodrigo, mi hijo. Stockton es su amigo.

El primer joven extendió la mano y sus ojos emitieron un destello de luz. El otro muchacho saludó después. Ambos eran fuertes y atractivos. Lo más impactante en ellos era su mirada franca. Itzel percibió un sabor metálico en el paladar.

Cuando los esquiadores se fueron, Itzel volvió a sentarse unos minutos más para mirar el paisaje nevado. Luego salió a la calle. Por primera vez sintió que el clima frío era agradable y la pequeña ciudad encantadora. Caminó con entusiasmo y practicó el inglés saludando a toda la gente que se cruzó por su camino.

* El texto de la tarjeta no fue copiado ni adaptado de ningún documento oficial, sin embargo, el autor está de acuerdo en que las autoridades lo transcriban o se basen en él para hacer una tarjeta similar y dársela a las personas que han pagado una multa o pena, con el fin de evitar la reincidencia.

# CUEVA DE LA ESTRATEGIA

## primera parte

# 1

Gordon Hatley no paraba de gritar y dar manotazos. Tiffany trataba de calmarlo. El escándalo era tal, que Itzel salió de su cuarto para averiguar qué ocurría. Encontró una escena muy desagradable. El hombre vociferaba y hacía señas de furia. Su esposa, sentada en una silla de la cocina, contestaba con tono suplicante. Los dos hablaban al mismo tiempo, pero ninguno escuchaba. Aunque Itzel los había oído discutir varias veces, jamás de forma tan violenta.

Regresó a su habitación y vio que Babie presenciaba la riña escondida detrás de la puerta entreabierta. Los ojos de la chica reflejaban una terrible combinación de miedo y tristeza.

Tiffany salió a la calle y se subió a su carro. Gordon fue tras ella sin dejar de gritarle. La mujer arrancó el vehículo y se marchó. Gordon también se subió al suyo y desapareció. El silencio regresó a la casa.

Durante la siguiente hora, Itzel trató de hacer su tarea, pero no logró concentrarse. Luego miró el papel en el que Alfredo Robles le había escrito la dirección de Ax y jugueteó con él.

No era correcto que fuera a la casa de un hombre a pedirle orientación, pero tampoco estaba bien quedarse con los brazos cruzados cuando había encontrado la posibilidad de superarse tanto.

Salió de la habitación. Vio la puerta del cuarto de Babie y, como no había nadie a quien pedirle permiso, pensó al menos avisarle a ella. Tocó. Casi de inmediato Babie apareció sonriente y la invitó a tomar una copa en su habitación. Estaba borracha. En el tocador había una botella de brandy. El cajón inferior abierto mostraba varias cajetillas de cigarros.

Itzel trató de aleccionar a Babie advirtiéndole que si sus padres se enteraban, el problema se haría mayor. Entonces Babie dijo que Gordon Hatley no era su padre, que Tiffany se había divorciado y vuelto a casar, que su verdadero padre era un doble de cine, siempre rodeado de mujeres, y Gordon, un neurótico aficionado a reprender a los demás. Itzel comprendió algunas frases sueltas; quiso consolar a Babie abrazándola por la espalda, pero la norteamericana se encorvó al contacto, como si hubiese recibido una descarga eléctrica.

—*Are you going to share this with me?* —Babie le volvió a ofrecer alcohol.

—*No thank you.*

Itzel dio media vuelta y continuó su camino hacia fuera.

Se preguntó si su madre se había enterado de toda la historia de esa familia antes de enviarla ahí. Seguramente no, porque se lo hubiera advertido.

Miró el domicilio del entrenador y se puso en marcha. Pensó que, como el pueblo era chico y cuadrado, tarde o temprano encontraría la dirección, pero calculó mal. Recorrer las avenidas le tomó casi dos horas. Ya había oscurecido cuando halló la calle. Estaba exhausta. Hizo un último esfuerzo y anduvo los últimos metros. Había una camioneta negra estacionada en el garaje abierto. A través de la cortina se veía la silueta de un hombre reclinado sobre su mesa.

Itzel dudó. Miró alrededor. Dos autos y tres motociclistas se acercaban. Era una calle bien iluminada. Si Ax la invitaba a pasar, ella no aceptaría. Tenía catorce años, sabría detectar a tiempo cualquier peligro. Estaba a punto de tocar cuando escuchó que las motocicletas se detenían frente a la casa. Ella se ocultó a un costado de la camioneta. Los tres conductores eran jóvenes y cada uno cargaba una botella grande de cerveza; comenzaron a gritar y a acelerar amenazadoramente. Itzel reconoció a dos de ellos. ¡Eran quienes habían peleado contra los esquiadores del equipo de Ax! Tocaron el claxon y aumentaron sus gritos como retando al entrenador a una nueva pelea. La luz interior de la casa se apagó.

—*Let's go!* —gritó uno de los vándalos—, *but before...*

Meció su botella de cerveza varias veces y la arrojó con fuerza. El envase hizo una parábola girando en el aire antes de chocar contra el ventanal. Un aparatoso estallido provocó que miles de cristales saltaran por doquier. Itzel apenas tuvo tiempo de cubrirse la cara, varios pedazos de vidrio cayeron sobre su cuerpo. Los motociclistas emprendieron la huida. Ella salió del garaje asustada y se recargó en la defensa trasera de la camioneta. Sacudió su cabello y ropa para quitarse los vidrios. Una astilla se le clavó en la mano. La extrajo con cuidado. Estaba tan impresionada que no se dio cuenta cuando el entrenador salió de la casa para perseguir a sus agresores. Sólo sintió que la camioneta arrancaba y se movía en reversa. Quiso apartarse pero fue demasiado tarde, el empujón de la defensa la desequilibró y la hizo caer. Trató de arrastrarse hacia fuera de la trayectoria del vehículo, pero sólo logró mover medio cuerpo. Aunque todo sucedió muy rápido, como ocurre en los accidentes, sus sentidos se alertaron tanto que vio los sucesos como en cámara lenta. Ya no tenía tiempo de escapar; las llantas la aplastarían por la mitad, así que se encogió tratando de quedar debajo de la camioneta. El tubo del escape le golpeó en la nuca y, otra parte del vehículo, en la espalda. Quedó atrapada bajo la transmisión. Dobló las piernas y trató desesperadamente de mover la cabeza, pero vio cómo la llanta giraba directo hacia ella. Cerró los ojos y grító. Su manga derecha se enganchó con alguna parte del coche en movimiento y eso la hizo girar. Sólo su brazo izquierdo quedó expuesto. El peso del coche lo aplastó. Oyó cómo se trituraban sus huesos. Hasta entonces, el chofer pisó el freno.

Ax bajó de la camioneta y se asomó. Vio a la muchacha que gritaba.

—*Oh my God!*—dijo combinando los dos idiomas—. ¿Qué hace ahí esa joven? ¡No la vi! *Oh my God! Oh my God!*

Entró a su casa para pedir ayuda por teléfono.

Todos los objetos alrededor de Itzel se hicieron borrosos. Sintió que flotaba, el tiempo se hizo confuso y ella alcanzó a oír el ruido de las sirenas antes de perder el conocimiento.

# 2

Despertó en un hospital. Le dolía la cabeza. Quiso moverse y una fuerte punzada en el brazo izquierdo la paralizó. ¿Qué había sucedido? ¿Por qué estaba ahí? Las imágenes difusas de ese día fueron llegando a su mente con lentitud.

Alguien empujó su camilla y la condujo hasta el salón de rayos x. Procuró no moverse demasiado. En un reloj de pared vio la hora... ¡Las once de la noche!

Después de varios minutos supo que necesitaba ser operada. Los Hatley se comunicaron a México y pidieron la autorización de su madre.

En menos de dos horas, estaba en el quirófano.

Después de la operación, la llevaron a un cuarto y pasó toda la noche desvariando. Un aparato le sostenía el brazo izquierdo; por el derecho le suministraban suero.

A la mañana siguiente, cuando los rayos del sol entraban directamente por la ventana, apareció el matrimonio Hatley acompañado de Babie. La joven se veía entre molesta y avergonzada. Sólo Itzel sabía porqué.

Tiffany dijo:

—Itzel - tu - mamá - venir - avión.

—Qué bueno —se burló—, porque - yo - regresar - con ella a mi - país.

A los pocos minutos llegaron dos policías escoltando al entrenador, seguidos de un hombre vestido con traje y corbata. Solicitaron a los Hatley que salieran y ellos obedecieron de inmediato.

El sujeto de corbata se presentó hablando en español.

—Soy el fiscal de distrito. Vengo a tomar su declaración del accidente. Voy a grabarla, ¿tiene algún inconveniente?

—No.

Los dos policías apresaban al entrenador, quien parecía no haber dormido en toda la noche. Itzel pensó que si a ella la habían castigado tan duramente por jalar una palanquita de incendios, ¡ya se imaginaba lo que le esperaba a Ax!

—¿Puede decirme cómo fue atropellada por este conductor?

—Yo me paré detrás de su camioneta.

—¿Pero usted estaba de pie?

—Sí.

—¿Y considera que él podía haberla visto si hubiese volteado hacia atrás?

La joven contestó sin dudarlo.

—Yo me agaché. No hubiera podido verme, aunque hubiera querido.

—¿Por qué se escondió?

—Porque unos borrachos acababan de romper el vidrio de la casa y tuve miedo de que me echaran la culpa.

—Sin embargo —insistió el fiscal—, si el conductor no hubiese arrancado en reversa a toda velocidad, jamás la hubiera atropellado como lo hizo. El perito informó que hubo negligencia. ¿Puede confirmarlo?

Itzel lo pensó unos segundos.

—No —contestó—, este señor no tuvo la culpa. Él manejó despacio. Yo me tropecé y caí debajo de las ruedas de su camioneta.

—¡Eso es imposible! —objetó el fiscal—. El tubo de escape la golpeó en la cabeza antes de que la llanta le triturara el brazo. ¡Tuvo que ser una acción violenta!

—No fue violenta.

—Pero el conductor tardó en frenar, ¿no es cierto?

—Frenó de inmediato.

—Señorita. Si se descubre que está mintiendo para defender a este hombre, será acusada de falsear información. Además, en caso de que siga declarando que usted tuvo la culpa del accidente, estará obligada a pagar todos los gastos del hospital, e incluso el conductor puede demandarla por el daño psicológico que usted le produjo a él.

—¿Daño psicológico?

—Disculpe señor —intervino Ax—, pero de todas maneras yo pagaré los gastos y no demandaré a...

—¡Cállese! Permítame recordarle que no puede hablar hasta que termine el proceso. ¡Si vuelve a desacatar la ley lo reportaré como subversivo!

Itzel ya había visto antes a las «autoridades» en acción.

—¿Señorita, es familiar o amiga de este hombre? —le preguntó después el fiscal.

—No.

—¿Lo conocía o tenía simpatía especial por él?

—Lo vi entrenando al equipo de esquí, pero no sentía simpatía «especial» por él.

—¿Qué hacía frente a su casa?

—Fui a solicitarle informes para aprender a esquiar.

—Entonces declara que no está tratando de ayudarlo, él manejó con precaución y usted tuvo la culpa del accidente.

—Sí, señor.

El fiscal suspiró y apagó la grabadora.

Toda la comitiva salió del cuarto y dejaron a la joven sola.

# 3

—¡Mamá! —exclamó Itzel—. Qué bueno que llegaste.

—¿Cómo estás, amor?

—Bien —pero al decirlo se le quebró la voz—, ¡te he extrañado tanto!

—Y yo a ti.

Beky Meneses abrazó a su hija. Luego preguntó:

—¿Qué te pasó?

—Un accidente...

—Tiffany acaba de decirme que saliste a la calle sola.

—¿Vas a regañarme?

—Hija, necesito saber exactamente qué sucedió.

—¿Para qué? Ya sucedió. Mamá, ¡me quiero regresar contigo! Extraño las tortillas, el chile, los frijoles. Aquí toda la comida es insípida. Además engorda.

Beky sonrió.

—A ti te caería bien engordar un poco.

—En serio, mamá. Tú me enseñaste que no debemos sentirnos culpables si cambiamos de opinión. ¡Pues he cambiado de opinión! ¡Ya no quiero estar un año en este país!

—Bueno —respondió Beky encogiéndose de hombros—, si decides eso, yo también descansaré. ¿Te imaginas lo que ha sido para mí estar lejos y no poder hacer nada para ayudarte?

Supe que te descalificaron en gimnasia antes de examinarte, que activaste una alarma contra incendios, que fuiste humillada en la corte, y que te gusta ir a esconderte a las montañas de esquí... Me he enterado de todo y ha sido muy preocupante.

—¡Tiffany es una *gringa* chismosa, metiche, atolondrada!

—¡No hables así, hija! ¡Las personas a tu alrededor han sido más buenas de lo que crees!, incluso pienso que muchas cosas te han salido mal porque has tenido una actitud negativa con ellas.

—¡Ya vas a empezar a sermonearme!

—Si decir mis opiniones sinceras es sermonearte, voy a empezar a hacerlo. Viniste aquí persiguiendo objetivos que no has logrado.

—¿Aprender inglés o conocer el lago que le fascinaba a mi padre?

—¡Nada de eso! ¡Adaptarte a una nueva sociedad y desenvolverte con éxito dentro de ella! Si te das por vencida ahora, te quedarás con una tremenda sensación de fracaso. Reflexiona. Tuviste un accidente por algo . Los accidentes muchas veces son signo de que debemos detenernos a pensar y corregir nuestra conducta. ¡Reconoce tus errores, recupérate, cambia de actitud y regresa a México cuando sientas la convicción de haber triunfado!

Itzel apretó los labios y permaneció callada un largo rato. Después dijo:

—¿Y por qué no lo intentamos en otra parte?

—Porque si aquí te caíste es aquí donde debes levantarte —respondió su madre..

—¿Eso también te lo dijo la psicóloga? Ve y cuéntale que tenía razón. Estoy loca, pero su medicina no sirve. Odio el inglés. ¡Este sitio me enferma! No quiero ni voltear a ver el lago... —bajó la voz y murmuró—. Mi padre venía a pescar y a bucear con frecuencia y yo me imagino que su alma anda penando por aquí.

Beky observó a su hija con un gesto de verdadera preocupación. Itzel notó la mirada amorosa de su madre y comenzó a parpadear para evitar el llanto.

Beky la abrazó.

—Deseo ayudarte, hija, pero no sé cómo.

—Gracias, mamá... Yo quisiera ser como tú. Saliste adelante sin el apoyo de un padre. Yo no puedo. No tengo tu fortaleza. ¿Por qué se estrelló aquella avioneta?

—¡Eso ocurrió hace cuatro años, Itzel! Tu papá murió. Entiéndelo. Debes dejarlo ir...

—¡Lo dices como si te diera gusto!

Alguien tocó a la puerta. Era Ax, el entrenador. Venía sólo. Su bastón y facciones toscas le daban un aspecto enigmático.

—¿Puedo pasar?

—Adelante —respondió Beky sin ocultar su extrañeza.

—¿Es usted la madre de Itzel?

—Sí.

Ax carraspeó. Luego se animó a confesarlo:

—Señora, yo fui quien atropelló a su hija.

# 4

Beky abrió mucho los ojos y dio un paso atrás.

—Vengo a pedirle disculpas —continuó el hombre avanzando—, y a decirle que pagaré hasta el último centavo del hospital. Todavía no entiendo cómo sucedieron las cosas —continuó—, yo estaba en mi casa, leyendo, cuando escuché gritos e insultos que venían de afuera. Me acerqué a la ventana para ver qué ocurría y de repente el vidrio estalló.

Apenas logré protegerme la cara. Una botella de cerveza pasó rozando mi cabeza. Quedé bañado en cristales. Los vándalos huyeron. Pensé que debía salir a tratar de detenerlos y pedir ayuda a la primera patrulla que hallara. Tomé las llaves de la camioneta a toda prisa y me subí a ella. Su hija estaba parada detrás. La camioneta tiene los vidrios polarizados y no la vi...

—Itzel —preguntó la madre—, me puedes informar ¿qué hacías en la casa de este hombre detrás de su camioneta?

La chica iba a contestar cuando apareció Tiffany Hatley. Traía consigo una carpeta del hospital con la cuenta de gastos por pagar.

—*Are you Mr. Ax?* —preguntó levantando el fólder.

—*Yes, ma'am.*

—*This is for you.*

El entrenador tomó la carpeta, revisó el documento y fue hasta la mesita del cuarto para hacer un cheque.

Itzel bajó un poco la voz y le dijo a su madre.

—He tenido demasiada presión. Siento que estallo. Perdóname.

—Está bien, hija —se acercó a ella y le preguntó al oído—. ¿Quién es este señor?

Itzel habló con discreción, pero fue levantando el volumen poco a poco.

—Ax es una persona importante aquí. Aunque la policía lo trató muy mal hace rato, todos lo conocen. Incluso busqué sus datos en internet. Hay más de doscientos sitios que hablan de él. Ha escrito libros de antropología y viajes de exploración. Da clases en la universidad y entrena un equipo de esquiadores jóvenes. Sabe muchas cosas, y yo quería aprender algo de él. No soy una mediocre, mamá. ¡Me ocurrió este accidente porque estaba buscando la forma de superarme! Siempre lo haré. Aquí o en México, así que por favor, déjame regresarme.

Ax y Tiffany terminaron escuchando las palabras de Itzel. Beky asintió.

—De acuerdo, hija. En cuanto te den de alta nos iremos.

El entrenador entregó el cheque y volvió a ponerse de pie.

—¿Puedo decir algo? Itzel, no te regreses todavía. Estoy en deuda contigo. Si aún te interesa, y tu madre está de acuerdo, podré ir a casa de los Hatley por las tardes y mostrarte un mapa que te ayudará a lograr todas tus metas. Dame la oportunidad de compensar un poco el daño que te hice. Incluso puedo enseñarte a esquiar...

—¿Con este brazo roto?

—¡Mi pierna izquierda está muerta y aun así esquío! No existe limitante física para hacer algo que realmente deseas. Anímate. Incluso aprenderás inglés. Si no lo haces ahora, ¿cuándo?

Era una oferta difícil de rechazar. Tiffany preguntó:

—¿Es posible - mi hija - aprender - también - lo de - las metas?

Durante unos segundos nadie habló, pero después Beky apoyó la propuesta.

Si Tiffany observa las clases de vez en cuando y usted acepta enseñarlo a las dos niñas, por mí no hay inconveniente.

Ax miró a las mujeres. Era un hombre decente, deseoso de pagar una deuda de honor, y lo que menos quería era correr el riesgo de que se malinterpretara su interés en esa jovencita.

—Estoy de acuerdo —respondió él—. ¿Tú qué opinas, Itzel?

—No sé... Lo voy a pensar.

# 5

Una semana después, la camioneta negra se detuvo frente a la casa de los Hatley. Por primera vez, Itzel salió a saludar con una enorme sonrisa.

—¡Hola, entrenador!

—Hola, hija ¿Cómo te has sentido?

—De maravilla. El brazo ya no me duele y van a quitarme este yeso en seis semanas. ¿Puedo asomarme debajo de su camioneta? Quiero ver el tubo de escape que me golpeó...

La chica fue hasta el vehículo sin esperar la respuesta de Ax y se agachó...

—No veo nada... —dijo acostándose literalmente sobre el pavimento y metiéndose debajo de la camioneta para analizarla.

—¿Qué haces, Itzel?

—Necesito averiguar... —dijo la chica—. Esto es increíble...

Ax fue hasta la camioneta y se agachó para ver lo que la joven estaba examinando.

—¿Qué es increíble?

—El tubo está de este lado, pero del otro no hay ninguna saliente...

Ax seguía sin comprender. Cuando la joven hizo el intento de reincorporarse, él se apresuró a ayudarla jalándola suavemente del brazo sano.

—Entrenador. ¿Le puedo decir así, verdad? Mi mamá ya regresó a México, pero antes de irse insistió en que los accidentes son para reflexionar... ¡y yo he pensado que estuve a un milímetro de la muerte! Suena simple, pero no cualquiera puede decirlo de verdad. ¡Vi la llanta de esta camioneta muy cerca de mi cara antes del tirón!

—¿Cuál tirón?

—No le he dicho esto a nadie. ¡Justo cuando la llanta me iba a aplastar, alguien o algo me jaló con mucha fuerza y me hizo girar! —Ax la observó con asombro—. Yo tengo un primo —continuó Itzel—, que asegura haber visto ángeles en persona. Dice que fue rescatado y guiado en momentos difíciles. Nunca le creí, pero ahora no sé. ¿Quién me jaló del brazo? ¡Debajo de la camioneta no hay nada con lo que haya podido engancharme!

El entusiasmo de la joven era legítimo, y Ax pudo sentir en su mirada verdaderas emociones de bondad.

—He sabido —dijo el entrenador hablando muy despacio—, que muchos accidentes que podrían haber sido fatales son detenidos con frecuencia por ligeras variantes; sé que la gente «perdida» a veces recibe pistas que la ayudan a regresar al camino correcto; sé que en los momentos más críticos a veces aparecen de la nada personas dispuestas a auxiliar, para después desaparecer con la misma rapidez. No puedo asegurar que eso ocurre por causa de aquellos seres que algunos llaman «ángeles», pero tampoco me atrevo a negarlo.

—Gracias por comprenderme... —dijo ella—, y por aceptar enseñarme...

—Gracias a ti, hija. ¡Me ayudaste con el fiscal, sin que yo te lo pidiera!

—Qué tipo tan grosero ¿verdad? ¿No se supone que por ser hispano debería haber tratado de echarle la mano?

—Se supone, pero eso rara vez ocurre aquí. Desgraciadamente algunos de los latinoamericanos que logran tener cierta autoridad se vuelven presumidos y prepotentes con los de su misma raza.

—¡Increíble!

—Así es. Por eso, si tú no hubieras declarado a mi favor, yo estaría en graves problemas legales ahora.

—No me dé las gracias. ¡Los muchachos que rompieron el vidrio son quienes deberían estar en la cárcel!

—Aún podríamos detenerlos, Itzel. Evitaríamos que siguieran haciendo fechorías, pero tú eres la única testigo y tendrías que declarar en la corte.

—¡No gracias! Jamás regresaré a una de esas cortes.

Tiffany salió de la casa y preguntó:

—*Everything is all right?*

—Sí —contestó Itzel—, todo está bien.

—¡Babie - estar - lista - para clases!

—Ya vamos.

# 6

Ax bajó de su camioneta un pizarrón blanco y varias cartulinas recortadas que luego llevó a la casa y colocó en medio de la sala. Itzel corrió por un cuaderno para tomar apuntes y Babie se acurrucó bostezando en un sillón. Ax habló en inglés todo el tiempo, Itzel estuvo de acuerdo porque entendía la pronunciación y el vocabulario del maestro.

—Voy a enseñarles los cinco principios básicos de la superación personal —explicó—. Durante toda su vida escucharán hablar de ellos en diversas formas, porque muchas personas los saben pero pocas los aplican. Éste es el primer tema.

Ax entregó a cada chica un juego de láminas con los puntos principales.

## CUEVA DE LA ESTRATEGIA

▶ Recuerda siempre que la vida es un juego de razonamiento y debes volverte muy analítico para descubrir los secretos de ese juego.

▶ No te será posible lograr grandes metas a menos que te conviertas en un estratega. Para eso, debes tener un espacio privado en el que te dediques a organizarte y planear tu actuación.

▶ En tu espacio deberás seguir tres pasos: primero, organizar tu mundo, segundo, crear una libreta de estrategia y, tercero, hacer previsiones.

Ax pidió permiso a Tiffany para revisar los cuartos de las niñas. La mujer aceptó un poco extrañada. Cuando Babie se dio cuenta que estaban caminando hacia su habitación, se le quitó el sueño y corrió para entrar primero. Ax hablaba y se movía con mucha seguridad. Su inglés era tan transparente que Itzel lo comprendía como si fuera español.

—¿Babie, me puedes mostrar tu lugar de trabajo?

—*What?*

—Tu archivo de documentos, tus apuntes, tus útiles escolares, tus discos...

Babie se quedó paralizada. ¡Eso era demasiado! Tiffany la instó a obedecer, pero la niña sólo dio un pasito y dijo:

—*Everything is over there.*

Ax avanzó. Había una mesa que tenía frituras, basura de varios días, una pila de papeles, libros tirados en el piso...

Babie estaba aterrada.

—En realidad no trato de irrumpir en tu intimidad, Babie, pero vamos a comenzar a seguir un mapa. Deseo demostrarles que debemos trabajar desde el punto de partida. El primer paso es organizar las cosas. Con todo respeto, Babie, esto es un desastre. Debes saber que no hay manera de triunfar en una época en la que existen tantas distracciones, a menos que estés organizada; eso significa determinar tu área de dominio y tus posesiones para luego ponerles un lugar, un color, un orden. Ahora, ¿podemos echar un vistazo a tu sitio personal, Itzel?

—Yo en realidad no vivo aquí —se defendió la joven—, estoy de visita y...

—Vives aquí temporalmente, y eso significa que lo primero que debiste hacer al llegar fue armar una *cueva*. De ello depende que tu aventura sea un éxito.

—Bueno —respondió Itzel—, de hecho sí tengo un lugar.

—¿Podemos verlo?

Tiffany se separó para ir a la cocina a poner sus cacerolas en orden.

—Aquí me hospedo —dijo Itzel abriendo la puerta de la habitación—, está lleno de cosas de Jerry.

En efecto, había decenas de objetos que pertenecían al dueño de la habitación.

—¡Pero apenas hay espacio para poner una hoja de papel! ¿Dónde guardas tus libros y documentos?

Señaló su maleta de viaje en el pasillo. El maestro avanzó.

—No la abra —dijo la chica—, porque ahí tengo también mi ropa sucia y algunos cosméticos.

—¿Ven lo que les digo? ¡Itzel, necesitas un mueble para ti!

—Tiffany me indicó que puedo usar ese cajoncito.

—No es suficiente. Saca una fotografía o dibuja cómo están acomodados los objetos para que puedas moverlos y regresarlos a su sitio antes de irte, pero no tengas miedo de actuar. Es mentira que todo cabe en un jarrito sabiéndolo acomodar. Para ser eficaz se necesita espacio. Consigue cajas de cartón etiquétalas y apílalas. En tu sitio personal necesitas muchos recipientes vacíos, fáciles de marcar y alcanzar. Clasifica tus papeles, archívalos, ordena tus apuntes, tus cartas personales, tus diplomas, tu dinero. ¡Es el primer paso de la estrategia!

Las dos adolescentes estaban aturdidas. No habían esperado que la enseñanza del maestro comenzara así.

—¿Eso es todo lo que debemos hacer? —preguntó Itzel.

—Es sólo el principio. Volvamos a la sala y estudiemos las láminas.

# 7

## LOS TRES PASOS DE LA CUEVA DE LA ESTRATEGIA

### 1. ORGANIZA TU MUNDO

▶ La mayoría de la gente tiene su vida desordenada. Tú no. Eres distinto a la mayoría. Por eso, lo primero que harás, hoy mismo, será arreglar tu sitio personal.

▶ Existe el mito de que los genios son sucios, desmemoriados e impuntuales. No es así. Cuando un genio está creando, sólo piensa en su obra y olvida todo lo demás, pero cuando no está creando, debe organizarse, pues eso le permitirá crear más y mejor.

▶ El desorden es un círculo vicioso: Las cosas se pierden y, al buscarlas, todo se revuelve más. Rompe el ciclo.

▶ Nadie tiene una varita mágica para lograr el orden. Hay que dedicar tiempo. ¿Cuánto? Al principio, días, después, quince o veinte minutos diarios.

▶ Reserva un día a la semana para hacer limpieza profunda y pulir tu organización. Los sábados pueden ser excelentes para ello. Siempre será más gratificante hacerlo que ver la televisión o quedarte dormido.

▶ Si eres una persona musical, el mejor momento para disfrutar plenamente tus discos será mientras arreglas cosas. También puedes escuchar poemas o conferencias de superación.

▶ No te obsesiones con la limpieza ni conviertas el orden en un objetivo de tu vida. Es sólo un medio para lograr tus metas. Si eres organizado, las conseguirás mejor.

## 2. CREA UNA LIBRETA DE ESTRATEGIA

▶ Ve a la papelería y compra una buena libreta. Conviértela en tu principal herramienta de organización. Cámbiala cada vez que se te acabe y colecciona las libretas durante toda tu vida. Comienza hoy.

▶ Tu libreta de estrategia debe tener siete partes:

1. Un diario breve con el resumen de lo que haces cada día.

2. Una sección de frases, ideas de superación o reflexiones.

3. Una sección de dinero. Lo que ganas y lo que gastas.

4. Un calendario con tu planeación de compromisos.

5. Teléfonos y datos.

6. Metas a largo plazo y objetivos inmediatos.

7. Límites de tiempo y horarios.

No existe una fórmula exacta para hacer la libreta de estrategia. Usa tu creatividad. Sólo sigue algunos parámetros sencillos. Por ejemplo, al escribir metas, hazlo separando tu vida por áreas:

• Profesión (estudios, títulos).

• Trabajo (ocupación, dinero).

• Sociedad (amigos, relaciones).

- Deporte (entrenamientos, competencias).
- Salud (visitas al doctor, dentista, comida, sueño).
- Arte (música, pintura, poesía o alguna actividad creativa).
- Familia (tiempo especial dedicado a hermanos y padres).
- Religión (crecimiento espiritual).
- Diversiones (viajes, juegos, días libres).

▶ Puedes usar la lista anterior o hacer la tuya propia. Lo que no puedes hacer es vivir sin metas. Las metas le darán sentido a tu vida y serán la base de tu estrategia para convertirte en triunfador.

▶ Tal vez quisieras ver un ejemplo de cómo se hace una libreta, pero cada persona debe hacer su propia estrategia. Lo que en verdad necesitas es sacudirte la pereza y la indecisión. No compres una agenda impresa; compra una libreta limpia y organízala a tu manera.

▶ Cada vez que termines una libreta, empieza otra. Enumera tus libretas y guárdalas. Al paso de los años tendrás un hermoso registro de tu desarrollo.

▶ Algún día serás una persona importante, la gente querrá saber cómo lograste tantas cosas y, con la ayuda de tus libretas, podrás dar consejos y hasta escribir un libro.

## 3. HAZ PREVISIONES

▶ Quien ve la realidad es previsor: Hace su testamento a tiempo, tiene sus documentos en regla, está asegurado, conoce teléfonos de emergencia, sabe qué hacer si se extravía y no es presa fácil de criminales o explotadores...

▶ Muchos accidentes ocurren porque no se hicieron previsiones. Por ejemplo, el conductor de un auto que pasa rozando varios coches estacionados debe prever que en medio de ellos puede aparecer un niño y que jamás podría frenar a tiempo si va rápido. ¡Analiza el entorno y detecta todos los peligros antes de que sea demasiado tarde!

▶ La vida se anticipa en la cueva de la estrategia. En ella, se analiza la realidad fríamente, se prevé lo malo y se avistan soluciones.

▶ La realidad es cruda y cuesta trabajo aceptarla, pero necesitas hacerlo para no ser ingenuo. Piensa en estos puntos:

- Toda la gente actúa conforme a sus propios intereses.
- Hay pocas personas realmente generosas.
- Serás más aceptado por los demás, mientras más cosas hagas que les convengan a ellos.
- Si tú haces mal, se te revertirá en consecuencias malas.
- Si haces el bien, no siempre serás recompensado como mereces.
- Nadie regala nada. Las cosas buenas sólo se logran pagando un precio alto.
- Si te va mal, la mayoría dirá que te lo mereces, pero si te va bien, dirá que tuviste buena suerte.
- No siempre gana más el que trabaja más; el triunfo es para quien trabaja con inteligencia.
- Cada día corres el riesgo de ser victima del crimen, sufrir un accidente o perder a un familiar cercano.
- Puedes morir hoy.

▶ La realidad es cruda. Al analizarla puede parecer que estamos pensando de forma negativa, pero sólo estamos poniendo los pies sobre la tierra para hacer previsiones.

▶ Prever es imaginar lo peor para esperar lo mejor.

▶ Cuando analices la realidad y hagas previsiones, habla contigo mismo. Acostúmbrate a caminar, a andar en bicicleta o a pasear *hablando a solas.* Ninguna terapia es más sana y fortalecedora que charlar contigo mismo.

▶ Eres el mayor motivador y crítico que tienes. Nadie mejor que tú puede determinar cuando has hecho bien las cosas o te has equivocado.

▶ Al hablar contigo podrás autoevaluarte, decirte cómo vas, cuánto te falta para lograr tus metas, y qué debes hacer ese día para subir el peldaño que te corresponde.

▶ Desahógate. El llanto lava los residuos del corazón. No tengas miedo a ser vulnerable. Cuando estés triste o enojado, escríbelo todo, ora a Dios y sal a pasear. Si sabes desahogarte a solas, serás libre.

# 8

Papá:

¿Cómo ves que ya comencé a organizarme? Ahora sí voy a tener dónde guardar las cartas que te escribo. Compré esta libreta nueva y la adorné con florecitas para que mamá no ande diciendo que soy poco delicada.

El entrenador Ax nos ha dado tres clases. Viene cada lunes, pero la última vez se molestó porque observó que ni Bahía ni yo habíamos hecho bien nuestra tarea. Entonces tomó sus papeles y se fue diciendo que cuando hubiéramos armado nuestra cueva de estrategia le llamáramos. Protesté asegurando que nosotras trabajaríamos en eso pero que él debía hacer «previsiones» antes de echar sus carros en reversa... Asintió con tristeza y aceptó que también comete muchos errores. Es un hombre raro. Aunque parece seguro de sí mismo, en el fondo creo que está muy triste. Hay algo sombrío en su personalidad. No entiendo porqué vive solo y sin familia.

*Cueva de la estrategia*

Durante toda la semana me he dedicado a ordenar cosas. Ha sido dificilísimo. Conseguí etiquetas, armé cajas, hice un archivero, arreglé mi ropa y clasifiqué documentos. Lo más terrible ha sido lo de la súper libreta. He tenido que dedicar mucho tiempo escribiendo metas para cada área.

La «babas» de Babie no ha hecho nada. ¿Tú crees? Dice que no va a seguir ningún mapa dado por un indígena mexicano. Allá ella. Lo que me fastidia es que con su actitud estúpida, el entrenador no va a querer seguir enseñándonos.

Bueno, papá. Tiffany me está llamando. De seguro quiere darme otra vez de comer. Está empeñada en engordarme.

Te dejo descansar (en paz) por hoy, aunque te advierto que voy a molestarte seguido porque vas a ser el mono preferido de mi madriguera, quiero decir, de mi cueva.

Te quiero.


Itzel.

**54**

Cuando la joven salió de su recámara se encontró con la sorpresa de que Tiffany la llamaba porque había llegado Ax.

—Hola, maestro —dijo la chica—, ¡qué sorpresa! Hoy es viernes. No esperaba verlo. Hice todo mi trabajo. ¿Se lo muestro?

—El lunes, con más calma. Estoy aquí porque mañana realizaré una excursión con mi equipo de esquiadores y deseamos invitarlas, a Babie y a ti.

Tiffany le dijo a su hija que apagara la televisión y se acercara. La joven obedeció con sus habituales movimientos de fastidio.

—Iremos a visitar a un anciano que vive retirado en un refugio natural —continuó Ax—. Caminaremos por la nieve y escalaremos algunas rocas congeladas. Son de dificultad mínima y llevaremos equipo apropiado. No correrán peligro. Bajaremos por el lado opuesto de la otra montaña, donde habrá una camioneta esperándonos. Regresaremos aquí como a las seis de la tarde.

—Disculpe —objetó Itzel levantando el cabestrillo—, ¿se acuerda de mi brazo?

—¿Y tú te acuerdas de mi pierna? ¡No hay ningún problema! Nos ayudaremos mutuamente. Hay dos mujeres más en el equipo. Hablé con los chicos y están de acuerdo en que Babie y tú nos acompañen. En las paradas de descanso platicaremos sobre el mapa. Luego llegaremos al refugio de Rachyr. Verán qué interesante. Es un hombre sabio. Su presencia impone respeto.

—¿Se llama Ra...?

—*Chyr* significa vencer. *Ra* significa no. La traducción literal sería invencible. Es toda una leyenda en estas tierras. Hace varios años hicieron un reportaje de su vida y cientos de personas llegaron a verlo, pero como al jefe indio no le gustan las multitudes se mudó a un lugar más escondido.

Aunque Tiffany había comprendido escasamente, Babie estaba en blanco, con su vulgar actitud de aburrimiento. Entonces Ax explicó todo en inglés y la adolescente respingó de inmediato.

—*Oh no! I'm sorry. I don't like to exercise.*

—¿Por qué dices que no te gusta hacer ejercicio? ¡Hazlo y te gustará!

—*Absolutely, no.*

Tiffany se encogió de hombros. Itzel saltó.

—¿Puedo hablarle a mi mamá para pedirle permiso?

—*Yes.*

La adolescente corrió al teléfono y marcó. Por varias razones estaba nerviosa y entusiasmada. Deseaba aprender más, salir al bosque, conocer a ese tal Rachyr y, sobre todo, convivir con Stockton y Rodrigo, los apuestos chicos esquiadores.

La madre de Itzel escuchó con atención a su hija. Finalmente dictaminó:

—Todo suena muy interesante, pero no puedo dejarte ir sola.

—¡Mamá! —gritó la joven—, ¡no me salgas con esa frasecita tonta —imitó un tono gangoso—, de «no puedo dejarte ir sola»! Estoy aquí *sola* a diez mil kilómetros de la casa. Tú fuiste la que insistió en que me quedara. Estoy superándome al fin, tal y como querías.

—Sólo puedes ir si Babie acepta acompañarte.

—¡«Babas» no quiere ir! Es una barrigona haragana.

—¡No hables así! Te están oyendo.

—No me entienden, Tiffany tiene poco vocabulario.

—Tal vez, señorita, pero por lo visto, tú tienes mucho y de mal gusto. Aprende a ser cortés con tus anfitriones y a mejorar tu actitud. Ya lo dije. Sólo si Babie va contigo puedes ir a esa excursión. Pásame a Tiffany.

Itzel, llena de ira, le dio el aparato a Tiffany. Las madres hablaron por un rato.

—De cualquier modo —dijo Ax poniéndose de pie—, mañana pasaremos a las seis treinta de la mañana por aquí y tocaré el claxon. Si no salen en diez minutos, nos iremos sin ustedes...

—Estaremos preparadas —aseguró Itzel—. ¿Qué debemos llevar?

—Ropa adecuada y provisiones. Aquí hay una lista.

Itzel tomó la hoja. Babie dio la vuelta para encerrarse en su cuarto. Itzel corrió tras ella y puso un pie entre la puerta y el marco.

—¿Por qué te portas así? —dijo combinando los idiomas—. *Why do you behave like this?*

—*Go away!*

—*Look, Babie.* Trata de entenderme. Es una gran *opportunity.* No podemos perderla. *We have to take advantage. Please,* por favor.

—*Get out of here!*

—¡No! No me iré hasta que me escuches. *Ax is a very important man.* Está ofreciéndonos algo muy valioso. *He is important!* ¡Piensa! *Think,* por favor. *Let's go to that excursion!*

—*I am fat. Don't you see? I can't exercise.*

—No estás tan gorda, Babie, y claro que puedes hacer ejercicio. *You have to try.*

Babie comenzó a gritar frases incomprensibles.

—¿Por qué te enojas? *I just wanted...*

—*Beat it!* —remató histéricamente aventando su oso de peluche favorito a la cabeza de Itzel.

La mexicana se retiró desconcertada. Entró al cuarto de Jerry y miró su espacio de estrategia. Todas las cosas estaban en su sitio, pero ¿de qué le servía ese orden? Encendió su radio y se quedó recapacitando con un profundo sentimiento de frustración. Luego vio las laminillas que le dio el profesor. Las revisó y leyó.

▸ La cueva es un lugar diseñado para pensar. Úsalo.

▸ Cada vez que tengas que tomar decisiones, si te es posible, pide tiempo y concéntrate para reflexionar. Pero sé eficaz y hazlo rápido. No dejes que el plazo te alcance. Diseña tu estrategia y sal pronto con una solución.

▸ Los problemas importantes deben resolverse por anticipado en la cueva de la estrategia.

Apagó el radio y tomó una hoja blanca. Comenzó a dibujar a Babie ideando cómo podría convencerla. De pronto, pensó en un plan.

—Algunas veces —se dijo a sí misma—, mostrarse débil y suplicante es un grave error.

Salió del cuarto y fue al de su compañera. Irrumpió en la habitación y caminó directo al tocador. Abrió la última gaveta y empezó a sacar las cosas. Babie la miró anonadada.

—*What are you doing? Stop it! Mother, come*!

—¡Eso es! Llama a tu mamá —dijo Itzel poniendo al descubierto los cigarrillos escondidos—. Vamos a enseñarle esto. Y en cuanto llegue Gordon le mostraremos su botella.

—*What?*

—*You were drunk the other day!* Estabas borracha y pusiste agua en la botella de ron para disimular que habías bebido. *I know what you did.*

Babie quedó estupefacta y de inmediato se apresuro a esconder las cosas en el cajón. Tiffany llegó al cuarto para averiguar a qué se debían esos gritos.

Itzel informó:

—Mañana vamos a ir a la excursión. *We will go. Isn't it, Babie?*

—*Yes...* —dijo la joven.

# CÓDIGO SECRETO

## segunda parte

# 1

A las seis y media sonó el claxon de la camioneta. Itzel estaba lista con una mochila en la espalda.

—¡Ya llegaron! —dijo tocando a la puerta de Babie quien no daba señales de vida—. ¡Hey! *Wake up!* —insistió—. ¡Tenemos que salir!

Sorpresivamente, Babie apareció arreglada para la excursión. Casi al mismo tiempo, Tiffany surgió de entre las penumbras con grandes ojeras y cabello revuelto. Le dio un billete de veinte dólares a su hija.

Itzel se llevó una mano a la boca para contener la risa y murmuró:

—No sabía que íbamos de compras.

Subieron a la camioneta del maestro; en el asiento de atrás estaban dos muchachas, Caroline y Evelyn. Al frente un joven llamado Walton. Babie dijo un simple *hi* y se volvió de espaldas para mirar por la ventana. Itzel se esforzó en presentarse; todos le contestaron con sonrisas y frases de aliento; Caroline y Evelyn le dijeron que estaban enteradas del accidente que sufrió y que deseaban ayudarle a aprender el mapa de Ax.

—*Thank you* —dijo—, *thank you* por aceptarme…

—*You are very welcome…*

Y así se sintió: Bienvenida.

La camioneta paró en una esquina en la que estaban dos jóvenes más. Stockton y Rodrigo. Los chicos abrieron la compuerta trasera del vehículo y se subieron de un brinco como si hubieran sabido de antemano que esa mañana viajarían en el portaequipaje. En cuanto la camioneta arrancó de nuevo, el ambiente se hizo más jovial. Stockton y Rodrigo saludaron a las invitadas. Itzel sonrió sin dejar de observarlos. Aunque ambos eran apuestos, sentía una atracción especial por Rodrigo.

La ruta en camioneta por senderos angostos en medio de la montaña duró cincuenta minutos. Al fin llegaron a una cabaña de madera junto a la que estacionaron el vehículo.

—¿Regresaremos aquí por la tarde? —preguntó Itzel.

—No —respondió Ax—. Hay dos grandes montañas. Estamos en la primera y bajaremos por la segunda. Alfredo Robles recogerá la camioneta y la llevará hasta la otra ladera. Ahí lo veremos.

—¡Oh!

El entrenador atornilló a su bastón una pequeña raqueta y proporcionó a los chicos modernos radiolocalizadores llamados *transceivers* que se usaban para hallar a los excursionistas cuando quedaban atrapados en la nieve. También les dio plataformas de aluminio que se sujetaban en las botas. Walton, Caroline y Evelyn se pusieron el equipo con rapidez, pero Stockton y Rodrigo se dedicaron a ayudar primero a las invitadas.

Itzel se sentía un poco avergonzada por su atuendo. Mientras todos, incluyendo Babie, usaban ropa estilizada para nieve, ella se había puesto tenis de tela, *pants* de felpa, chamarra con forro de peluche y una gorra tejida a mano.

—Tal vez sobrevivirás con la ropa que traes —le dijo Ax—, pero no sin unos zapatos y guantes adecuados. Toma éstos.

—En la mano enyesada no me cabe un guante.

—Claro que sí.

Él mismo le acomodó la prenda y comenzaron la travesía.

—Durante el entrenamiento —dijo el maestro—, repasaremos nuestros códigos.

Itzel trató de adelantarse y tropezó. Se puso de pie y analizó su calzado. Los aros dejaban libre el talón, sujetaban la punta del pie y tenían una especie de dientes que se insertaban en el piso. Era un mecanismo extraño. Necesitaba acostumbrarse.

—¿Quién puede decirle a nuestras invitadas en qué consiste el código secreto?

Evelyn respondió con frases cortas. Itzel se dio cuenta de que, cuando el profesor hablaba en inglés, su cerebro captaba la información de inmediato, pero no ocurría lo mismo cuando otros conversaban.

—*Teacher, I'm sorry*. No entendí a Evelyn, *could you repeat?*

Ax lo hizo. Itzel se apresuró a caminar junto a él como los turistas que desean escuchar la explicación del guía. La mañana era hermosa. Se respiraba un helado aire puro con olor a coníferas. Los enormes pinos, mitad blancos y mitad verdes, formaban filas hacia la cima de la montaña en la que se distinguía un cielo despejado.

▶ Todos las personas que logran grandes metas tienen un código secreto. Rara vez lo mencionan (porque es secreto) pero, sin duda, a él deben en gran parte su éxito.

▶ El código secreto está formado por «declaraciones de verdad».

▶ Las declaraciones de verdad» no son objetivos ni deseos, sino frases que nos definen y gobiernan.

▶ Decir: «Este año voy a obtener la máxima calificación en todas mis materias», es un objetivo. En cambio, decir: «Soy destacado en la escuela y me comporto como estudiante sobresaliente» es una «declaración de verdad» que rige nuestra vida.

▶ A tu libreta de estrategia le agregarás una sección nueva: Tu código secreto.

Habían caminado apenas una hora y media cuando Babie comenzó a quejarse. Decía tener un dolor en la cadera. Ax decidió ignorarla. Babie lloriqueó y pataleó, pero al ver que todos seguían caminando, no le quedó más remedio que reanudar la marcha.

Abandonaron el terreno abierto y se internaron en el bosque. A medida que avanzaban, la nieve bajo sus pies se hacía más suave. Había huellas de ardillas por doquier y una que otra línea marcada por pisadas más anchas y profundas, como las de un perro.

—¿Hay lobos aquí? —Preguntó Itzel.

—Coyotes —dijo Ax—. Se han reproducido mucho en esta zona, pero rara vez los puedes ver durante el día.

Comenzaron a subir por una loma donde el suelo era aún más suave. Ax midió la profundidad con su bastón. Se hundió por completo. Gracias a los zapatos que llevaban, los chicos se mantenían en pie. De pronto, Babie tropezó y cayó de bruces. Se sumió en la nieve hasta casi desaparecer. Comenzó a gritar. Stockton regresó a levantarla.

—*Here, get up!* —dijo dándole la mano.

La chica se negó a aceptar ayuda.

—*My knee!* —se quejó de un dolor en la rodilla.

Ax regresó. Era necesario sacar a la muchacha de esa poza

de nieve para poder revisarla, pero ella no cooperaba. Todos la animaban a que tratara de levantarse.

—Vamos, ¡haz un esfuerzo! —dijo Ax.

—*It hurts. I can't!*

—¿De verdad no te puedes mover?

—*No...*

Todos los muchachos, a excepción de Walton, sacaron sus pequeñas palas y comenzaron a escarbar alrededor de la joven. Itzel se dejó caer a propósito y comprobó que era como hundirse en un enorme colchón de plumas. Babie seguía quejándose.

—Te pareces a esos jugadores de futbol —le dijo—, que se tiran y revuelcan frente a la portería contraria tratando de engañar al árbitro.

Babie no entendió, pero Ax esbozó una sonrisa. Finalmente lograron levantar a la chica quien simuló no poder apoyar el pie. Trataron de darle todo tipo de auxilio, pero ella insistió una y otra vez que no era capaz de continuar. El entrenador le dijo que necesitaba reponerse a como diera lugar, y ella comenzó a llorar diciendo frases como: «Yo no quería venir aquí», «me obligaron», «nunca he sido deportista», «mi cuerpo es torpe», «odio la nieve», «soy gorda...»

Todos se quedaron callados.

—¿Qué quieres hacer? —Preguntó Ax.

—*Go back!*

¡Regresar! Eso significaba cancelar la excursión o retrasarla tres horas. Los chicos del equipo hicieron esfuerzos aislados por animarla a reconsiderar la idea, pero fue inútil.

—*I want to go back*! —gritó.

El enfado del grupo podía sentirse en el aire. ¿Qué hacía esa niña ahí? ¿Por qué la invitaron? Los jóvenes se recargaron en los árboles o se dejaron caer sobre la nieve.

# 2

Ax llamó por radio para pedir ayuda. Alguien le contestó casi de inmediato.

—Vamos a regresar a la cabaña —anunció.

Hubo exclamaciones de enfado.

Evelyn y Caroline ayudaron a Babie a caminar de vuelta. Como la chica se quejaba a cada paso y cojeaba de un pie y después de otro, diciendo que no sabía en realidad cuál de los dos le dolía más, el regreso fue lento. Al fin llegaron al punto de partida.

Alfredo Robles los esperaba acompañado de Gordon Hatley.

—¿Van a continuar? —preguntó Alfredo en español.

—Sí —respondió Ax—. ¿Hay algún problema?

—Anunciaron por el radio que esta tarde caerá una fuerte nevada. ¡Si van a irse, tendrán que apresurarse!

—¡Hey, Itzel! —gritó Babie—. *You have to go back with me.*

—¿Qué? —respondió—, ¿volver contigo? *You are crazy and stupid!*

Itzel dio la media vuelta y comenzó a caminar hacia la montaña. Los chicos se rieron por su descaro y los adultos se miraron sorprendidos. Ax dijo que él la cuidaría y a Gordon no le importó.

Eran las once de la mañana cuando el grupo volvió a iniciar la marcha.

—No es bueno poner de ejemplo a una persona que fracasa en algo —dijo Ax—, pero lo haremos con el fin de aprender y no de criticar. ¿Cuál era el código secreto de Babie?

Todos dijeron algunas frases sueltas: «Soy gorda, no quería venir, no hago deporte, soy torpe, odio la nieve»

—Exacto. Es posible que en realidad se sintiera físicamente mal, pero su malestar es el resultado de una cadena de problemas originados por lo que ella piensa de sí misma. Somos lo que dicta nuestro código secreto. Ahora, durante los siguientes minutos cada uno va a repasar su código personal...

Los cinco jóvenes se separaron para caminar por su lado y empezaron a hablar consigo mismos. Itzel se acercó al maestro y le preguntó cómo podía hacer ella su propio código.

—Tú ya tienes uno, igual que Babie, aunque no lo sepas. Lo interesante es cómo entrar a él y corregirlo. ¿Cuántas veces te has imaginado hablando inglés de manera fluida y triunfando entre los norteamericanos?

La chica movió la cabeza. Ella pensaba que lograr algo así era imposible.

—¿Lo ves? Tu código secreto te impide avanzar como deberías, igual que el de Babie la hizo fracasar en esta simple excursión. Ambas se comportan basándose en lo que creen que son. Ocurre como en la fábula de la rana y el alacrán. ¿La recuerdas?

No.

—Cierto día un alacrán necesitaba cruzar el río y le pidió de favor a una ranita que lo llevara en su espalda. La ranita dijo: «Los alacranes clavan su aguijón a las ranas, y tú eres un alacrán». Entonces, el alacrán dijo: «si me dejas subir a tu espalda para cruzar el río, yo no te clavaré mi aguijón, porque si lo hiciera nos hundiríamos los dos y yo moriría ahogado». La rana aceptó llevarlo, pero a la mitad del camino, el alacrán clavó su aguijón a la rana. La ranita gritó y comenzó a reclamar: «¿Por qué? Me estoy muriendo y tú también morirás». El contestó. «Lo hice porque es inevitable, soy un alacrán y los alacranes hacemos esto.» ¡Itzel, pasa lo mismo con las personas! Nos comportamos según lo que creemos que somos, ¡aunque perdamos la vida en ello! Hay un código secreto que nos rige. Cuando tu código dice: «soy inútil en el deporte», no importa lo que trates de hacer, siempre serás inútil. Para cambiar el comportamiento, primero debes cambiar tu código. ¡Trabaja con eso! ¡Empieza a fantasear en grande y a creer que eres grande! Imagínate triunfando, imagina a las futuras generaciones estudiando tu vida y refiriéndose a ti como un ejemplo de superación e integridad. ¿Por qué no? ¡Eso es posible! Tú tienes la capacidad para hacer historia y para que la historia cambie gracias a ti. Eres importante, Itzel, tu vida tiene una finalidad de gran valor en el planeta. Pregúntale en secreto a tu Creador cuál es el propósito que Él tiene para ti y persíguelo. No te conformes con vivir a medias. Enciende tu chispa de originalidad e imagina tus enormes posibilidades. ¡Todo lo extraordinario comenzó siendo el sueño de alguien! Los grandes edificios, las empresas importantes, ciudades, monumentos, pinturas, obras de arte... todo lo *real* es producto de un sueño *irreal*. El hombre verdaderamente sabio es el que se imagina lo imposible, lo abraza y vive con ello en mente. Si deseas algo de verdad, enfoca la idea y no la sueltes jamás hasta que se haga realidad.

Itzel caminó un largo rato sin hablar. Observó a los compañeros del equipo. El gesto de todos había cambiado. Sonreían. Itzel comprendió que de alguna forma se habían metido a su cueva para hablar a solas y llenarse de energía, como un resorte que se comprime listo para saltar a la vida real.

El majestuoso sendero por el que caminaban era digno de ser fotografiado. Itzel sintió que formaba parte del cuadro como un grano de arena en medio de la playa. Durante un largo rato no habló. Ax continuó explicando.

# 3

## EL CÓDIGO PROVIENE DE LAS FANTASÍAS

▶ Los seres humanos creamos películas mentales en las que nosotros mismos somos los actores. A esto se le llama fantasear.

▶ Fantasear es un ejercicio común antes de dormir. Algunas personas, en cuanto se acuestan, comienzan a imaginar suciedades o tener visiones negativas. Así concilian el sueño. Otras fantasean con el éxito...

▶ Existen dos tipos de fantasías:

—**Visiones negativas,** en las que agrandamos nuestros defectos y errores, nos imaginamos buscando placeres excesivos, vengándonos, peleando o haciendo trampas.

—**Visiones positivas,** en las que amplificamos nuestros éxitos, nos imaginamos triunfando, realizando actividades bellas, emocionantes y productivas.

▶ El poder de la mente es tan grande, que las fantasías bien hechas que se repiten durante varios años se vuelven realidad.

▶ Cuando fantaseas, siembras una semilla. Si repites la fantasía, cultivas la semilla. Al final, tu vida será como un huerto, producto de cuanto sembraste y cultivaste.

▶ ¿Quieres tener un huerto de bellos árboles frutales o quieres tener uno de abrojos y espinas? ¡Escoge fantasías positivas, trabaja con ellas y arranca de raíz todas las negativas!

▶ Recuerda. Las fantasías son poderosas porque tienen la capacidad de atraer la realidad. ¡Aprende a seleccionarlas!

▶ Si haces una fantasía atrayente, que incluya sensaciones, sonidos, aromas y colores, y las repites durante algunos años, se volverá parte de ti.

▶ Para no esperar tanto tiempo, deberás usar *aceleradores*.

▶ Los aceleradores se llaman **declaraciones de verdad**.

▶ Una declaración de verdad se hace escribiendo con toda amplitud tu fantasía y después resumiéndola en una frase corta.

▶ Al conjunto de declaraciones de verdad se le llama *código secreto*.

Ax no pudo seguir explicando porque el camino se terminó frente a unas enormes rocas de hielo. Itzel miró alrededor, desconcertada.

—¿Dónde estamos?

—Es la unión de las dos montañas. Una vez que subamos esa pared habremos pasado de la primera a la segunda.

—¿Subiremos esa pared?

Sus compañeros se estaban quitando la mochila de la espalda para sacar el equipo de alpinismo. Todos se prepararon con rapidez. Escalar esos riscos requería el uso de las dos manos.

Itzel vio a los jóvenes ascender y sintió miedo.

—Yo jamás podré hacer eso.

—¿Perdón?

—Es decir... Puedo hacerlo, pero aún no sé cómo.

—Eso está mejor.

Ax le colocó un arnés con cables, y Walton la jaló desde arriba usando un sistema de poleas. Ella gritó, primero de asombro y luego de alegría. ¡Estaba caminando sobre la pared como si fuera un insecto!

—*I love it*—exclamó—, ¡me fascina!

Cuando todos subieron, volvieron a cambiar su indumentaria y se quedaron contemplando el paisaje. En el valle se veían las calles y casas diminutas. A un lado, el imponente y enorme lago congelado.

—¡Qué sitio tan espectacular! —dijo Itzel.

—Ahora vean para allá.

Detrás de ellos había una pendiente entre dos muros techada con nieve. Era una especie de túnel natural.

—A este tramo le llaman el «cañón del sueño eterno» —explicó Ax—, no se recomienda cruzarlo, porque hace algunos años, la cantidad de nieve acumulada en el techo era tan grande que, al caer, aplastó a un enorme grupo de exploradores. En aquel entonces no existían los *transceivers*, y el equipo de salvamento no encontró a los excursionistas sino hasta la llegada del verano, cuando la nieve comenzó a derretirse.

—Entonces, ¿por dónde vamos a pasar?

—Vengan.

Ax localizó un lugar en la roca y solicitó a los chicos que le ayudaran a quitar nieve. Todos cooperaron con sus pequeñas palas. Itzel, usó su brazo sano para cavar. Después de unos minutos, se descubrió un agujero en la pared. Era una caverna. Hubo expresiones de asombro y emoción. Nadie se lo esperaba. El entrenador sacó una lámpara de su mochila y caminó. Los chicos fueron detrás de él. La gruta era helada y sólida. De algunas estalactitas escurrían esporádicas gotas de agua que caían en pequeños charcos, haciendo un ruido tintineante amplificado por el eco. Poco a poco la cueva se fue haciendo más clara. Los rayos del sol se filtraban por un boquete lejano al final de la caverna. Para llegar a él había que bajar una larguísima escalera natural de rocas. Ax apagó su lámpara. Había suficiente luz para caminar sin ella. Los muchachos bajaron los peldaños haciendo expresiones de asombro. Era un sitio hermoso, totalmente desconocido.

Llegaron al final de la gruta, pero antes de salir, encontraron un recodo tapado con troncos y maleza seca. El entrenador se detuvo frente a él.

—Ya estamos aquí.

A Itzel le latía el corazón a toda velocidad.

—¡El refugio de Rachyr! —dijo sintiendo que la piel se le erizaba.

Ax pronunció unas palabras en una lengua desconocida y guardó silencio. Nadie contestó. Volvió a levantar la voz diciendo una serie de frases extrañas, pero no hubo respuesta. Avanzó con cautela. Los chicos lo siguieron llenos de exaltación mirando hacia todos lados. Aunque el refugio tenía una antesala de rocas y maderos, se prolongaba hacia el interior de la montaña en otra caverna sin fondo.

—Rachyr no está...

—*Does he live here*? —preguntó Evelyn incrédula de que alguien pudiera vivir ahí.

—Sí, pero sale a cazar y a caminar todos los días. Este es su mundo. En cualquier momento puede regresar.

—¿Y... no se enojará —preguntó Itzel—, si nos encuentra aquí adentro?

—Espero que no... Descansen y aprovechen para comer algo.

Los muchachos se sentaron recargados a la pared de roca y sacaron sus barras de cereal. Las gotas de las estalactitas seguían cayendo furtivamente dándole a la gruta un ambiente misterioso. El sitio tenía iluminación indirecta por la luz que se filtraba del boquete, pero de cualquier manera era un poco lóbrego. Después de treinta minutos los chicos comenzaron a impacientarse. Itzel se imaginaba que en cualquier momento aparecería un guerrero furioso repartiendo machetazos.

—Tengo miedo —dijo muy despacio—. *I am scared...*

—Aprovechemos el tiempo —dijo Ax—. Dijimos que el objetivo principal de esta excursión era repasar una parte de nuestro mapa.

Empezó a poner ejemplos y a preguntar a sus alumnos. Itzel tardó en concentrarse, pero poco a poco lo hizo y comprendió al fin cómo se hacía un código secreto.

# 4

▶ Cada declaración de verdad debe estar escrita bajo 5 requisitos:

1. En **primera persona** del singular (yo).

2. En **positivo**.

3. En **presente**.

4. Con **precisión**.

5. Con **pasión**.

▶ Ejemplo. La siguiente declaración es incorrecta para un código: «Nuestra familia no se separará ni tendrá problemas».

1. «Nuestra» no es primera persona del singular.

2. «No, ni» con palabras negativas

3. «Se separará» es tiempo futuro.

4. «Tendrá problemas», es impreciso.

5. Y, por último, no expresa ninguna pasión.

La forma correcta de decirla, sería: «Yo estoy orgulloso de pertenecer a la familia Pérez, y me siento feliz porque soy el elemento que propicia la unión cada día».

1. «Yo» es primera persona del singular.

2. «Soy el elemento que propicia la unión» es positivo.

3. La oración está en tiempo presente.

4. Es precisa, porque habla de lo que «yo» hago cada día.

5. Expresa pasión cuando dice «estoy orgulloso y me siento feliz»

▶ El código secreto debe tener declaraciones de verdad correctamente formuladas.

**EJERCICIO.**

Arregla las siguientes declaraciones incorrectas:

1. En mi salón de clases ya no seremos traviesos ni groseros.

2. No soy tonto y me gustaría ganar concursos de matemáticas.

3. Tendremos mucho dinero en el futuro.

4. Algún día seré un buen cantante profesional.

5. No aceptaré más tener sobrepeso. Voy a adelgazar pronto.

6. De ahora en adelante no tomaré alcohol.

▶ Con las declaraciones anteriores, le estás diciendo al subconsciente: «Soy travieso, grosero y tonto, no domino las matemáticas, soy pobre, canto mal, soy gordo y me gusta el alcohol, sin embargo, voy a tratar de cambiar».

▶ La mente subconsciente no sabe diferenciar entre lo que es verdad o mentira, sólo recibe información y la procesa como verdadera sin cuestionarla.

▶ Dile a tu mente: «soy educado y sabio, adoro las matemáticas, tengo mucho dinero, canto de manera excepcional, tengo un peso ligero y me abstengo de tomar alcohol siempre», puede parecer una lista de mentiras, pero al repetirlas todos los días con convicción, se convierten en declaraciones que la mente se esforzará por hacer cazar con la realidad.

▶ Fuiste creado para el éxito. Todo lo que declares a ese respecto es verdad. Dale información buena a tu mente, cree en ella y verás cómo poco a poco la vida real comenzará a parecerse cada vez más a tus declaraciones.

▶ Algunas respuestas adecuadas al ejercicio serían:

1. Soy un ejemplo de buena educación y prudencia. Me siento satisfecho cada vez que demuestro mi cortesía.

2. Como experto en matemáticas, soy el ganador absoluto de los cinco concursos que se realizan este año y me siento como un genio.

3. Soy rico. Disfruto y hago grandes inversiones con mi dinero.

4. Soy un gran cantante. Adoro cantar y educar mi voz. Me presento en teatros públicos al menos una vez por mes.

5. Soy una persona esbelta y saludable. Me siento ágil y atlético.

6. Soy absolutamente abstemio. Rechazo el alcohol siempre y estoy orgulloso de hacerlo.

▶ Las declaraciones *muertas* son las que estarán en el papel de trabajo que un maestro te pidió hacer... mientras que las vivas estarán en tu libreta de estrategia, en tu mente y en tu corazón. Da vida a tus declaraciones.

▶ Empieza haciendo un código de tres a cinco declaraciones. No trates de abrumarte con más. Repítelas diez veces todos los días en la mañana y en la noche. Sigue las instrucciones del mapa y observa los resultados.

▶ Cuando compruebes la eficacia de la técnica, no podrás dejar de practicarla una y otra vez durante toda tu vida porque estarás dentro de la senda de los invencibles.

# 5

De pronto, Evelyn gritó aterrorizada y se puso de pie señalando al frente. Caroline brincó también asustada por el grito de su compañera. Todos se alteraron. La chica había visto el brillo de unos ojos entre las sombras. Ax habló otra vez en lengua indígena y alguien se movió frente a ellos. Repentinamente, apareció una chispa de luz que se convirtió en fogata. ¡Había una chimenea interior! Se distinguió la figura de un hombre corpulento de abundante cabello blanco. No era un indígena como los que aparecen en las revistas, sino una especie de viejo vikingo perdido en el continente equivocado. El fuego de la chimenea ardió con mayor intensidad. Rachyr no se movió de su sitio. Por lo visto, tenía mucho tiempo inmóvil en ese lugar, observando y oyendo a los muchachos...

Ax se puso de pie y caminó hacia él, lo abrazó y comenzaron a charlar. Después, presentó a cada uno de sus alumnos. El anciano les habló a los jóvenes largamente y Ax asintió sin dejar de escucharlo, luego tradujo su mensaje.

—Rachyr dice que para ser invencibles, deben descubrir sus propios rayos de luz caminando hacia nuevos horizontes donde vivirán una magia sobrenatural. Dice que si son valientes y tienen confianza en ustedes mismos, darán la vida por lograr la vida.

Los jóvenes se miraron entre sí. Itzel murmuró:

—A este viejito le ha hecho daño el frío.

—Rachyr se está refiriendo —aclaró Ax—, al código secreto de su pueblo. Hay algunas leyendas entre sus antepasados que hablan de que una persona sólo alcanza grandeza cuando conquista determinados retos.

El viejo indio volvió a hablar. Ax aclaró.

—Desea que se acerquen uno por uno.

Los muchachos dudaron. Walton se animó a pasar al frente, y el hombre extendió sus manos para tocarlo. Después de varios segundos, le dijo algo al joven en voz baja. Ax le tradujo.

Stockton, Rodrigo, Caroline y Evelyn pasaron también. El extraño ritual se repitió con cada chico. Al final, sólo quedó Itzel. Vio que no tenía otra opción y se aproximó con lentitud. Llegó frente al anciano. El hombre extendió su mano para tomar la de la chica. Ella se puso tensa y guardó la respiración mientras esas manos arrugadas tocaban suavemente sus dedos. El anciano habló despacio y el entrenador hizo la interpretación.

—Puedes alcanzar tus estrellas... Camina con firmeza pero nunca bajes la vista. Deja que tu espíritu invencible salga a la superficie y el amor gobierne cada uno de tus actos. ¡Jamás te des por vencida!

Ella observó al indígena. Después de escuchar su voz suave y ver su gesto de cerca, pudo sentir que era un hombre bueno. Antes de darse la vuelta, él la detuvo y agregó unas palabras. Ax las tradujo:

—A lo único que debes tenerle miedo es al miedo.

Itzel arrugó la nariz sin entender, y el viejo volvió a hablar. Ax hizo un gesto de preocupación.

—Dice Rachyr que debemos irnos pronto, porque ha visto sombras en nuestro camino de regreso.

—*Shadows?* —preguntó Stockton—. *What's that?*

—Problemas.

# 6

En cuanto salieron del cálido refugio fueron recibidos por un terrible viento polar. Nevaba intensamente y decenas de nubes negras habían entristecido el panorama.

—¿Qué pasa? —preguntó Itzel asustada—. ¡Apenas son las cuatro de la tarde!

Ax dio instrucciones a sus alumnos.

—El clima cambió. Sabía que eso ocurriría, pero nunca imaginé que tanto. Necesitamos modificar nuestros planes. Aceleraremos al máximo. No quiero imaginar que se nos haga de noche en medio de esta tormenta.

Los chicos se formaron de dos en dos, cada mujer con un hombre. Rodrigo acompañó a Itzel. En ese momento comenzó la verdadera prueba de resistencia. Itzel se sorprendió por la agilidad de sus compañeros. Trotaron, saltaron y se arrastraron para descender los peñascos. Ella siempre fue ayudada por Rodrigo, pero eso no impidió que sus *pants* de felpa se mojaran. La ropa comenzó a pesarle como lastre, la nieve a infiltrarse en su chamarra de borra y el frío a congelarle las manos, incluso a través de los guantes que le habían prestado.

—Me estoy helando —susurró.

Rodrigo sacó unos envoltorios anaranjados empacados al vacío, los abrió y extrajo dos bolsitas como de té con una sustancia química que se calentaba automáticamente al contacto con el aire. El joven le ayudó a poner las bolsas dentro de sus guantes. Ella percibió un delicioso calor en sus manos, pero aún tenía congeladas las orejas y las mejillas. Rodrigo le dijo que se quitara el gorro tejido, le proporcionó una mascarilla negra y la motivó a moverse rápido.

Reiniciaron el descenso. Los zapatos perdieron su efectividad porque la nieve que caía sobre ellos los hacía pesados. Itzel iba jadeando. Comparada con sus compañeros, tenía pésima condición física. El brazo enyesado le dolía, pero el orgullo la mantenía trotando. No quería dar problemas ni parecerse a Babie. De pronto, el terreno se cortó en un abrupto acantilado. Todos se detuvieron para quitarse los arillos de los pies. Ella se dejó caer tratando de recuperar la respiración. Ax se acercó.

—Lo estás haciendo muy bien. Te felicito. Esto no estaba planeado, pero en los momentos difíciles, un verdadero campeón saca fuerza extra, como lo estás haciendo tú.

Itzel se sintió con ánimo por esas palabras y se aprestó a sujetarse de las cuerdas para bajar por el precipicio. Aunque estaba aterrorizada, no lo demostró, y siguió todas las instrucciones cuidadosamente. Pocos minutos después, el grupo había descendido el barranco. La fuerte nevada hacía que el panorama pareciera borroso y en blanco y negro.

—Vamos —dijo Ax—. No podemos perder tiempo.

Itzel y Rodrigo eran los últimos de la fila. Ella caminaba con pesadez.

—Soy una gran escaladora —balbuceó—, me encanta la nieve. Tengo excelente condición física. Nunca me canso...

Se desesperó. Volvió a intentarlo levantando aún más la voz. Quizá, si gritaba, su distraído y perezoso subconsciente despertaría y comenzaría a mandar señales positivas a su cuerpo.

—¡Soy fuerte! ¡Me fascinan las montañas! He ganado las olimpiadas invernales de esquí, y la gente me admira. ¡Caramba! ¡Adoro el frío! ¿Me oyes maldito subconsciente?

Rodrigo sonrió y le preguntó en español.

—¿Qué haces?

—Lo que nos enseñaron. Si eso del código es cierto, pronto voy a comenzar a volar.

Rodrigo movió la cabeza.

—Lo dudo mucho. Puedes seguir recitando que eres una diosa, pero a menos que camines más rápido, vas a quedarte congelada.

—¿Entonces es mentira todo lo que nos dijeron en la caverna del abominable hombre de las nieves?

Rodrigo soltó una sonora carcajada. Los compañeros voltearon a verlo, pero él no podía parar de reír. Después de un rato se controló y le preguntó a la invitada:

—¿Crees, por ejemplo, que si una persona que jamás ha tomado una raqueta se repite todas las mañanas «soy campeón mundial de tenis», puede presentarse en un torneo internacional y ganar?

—Eso entendí.

—Pues entendiste mal. Ten cuidado. Algunos creen que la autosugestión es suficiente para atraer la realidad, pero nosotros sabemos que un código sin acción es inservible. No basta decir cincuenta veces todos los días durante diez años «soy el mejor neurocirujano del mundo» para poder operarle el cerebro a alguien. Necesitas *creer* en ese código y prepararte diariamente para hacerlo verdadero.

De repente, un fuerte calambre en la pantorrilla la hizo caer. Gritó. El grupo se detuvo y Ax regresó a ayudarla.

Itzel comenzó a quejarse.

—¿Por qué me pasa esto? ¡Vengo recitando desde hace rato que soy una gran atleta y mire, mi cuerpo no responde!

Ax estiró la pierna agarrotada de la chica y le frotó los músculos gemelos de manera circular. Cuando el nudo de la pantorrilla comenzó a deshacerse, Rodrigo comentó:

—Yo le estaba explicando que no basta con repetir las declaraciones como grabadora. Hay que vivirlas también.

—Sí —dijo el entrenador sin dejar de dar el masaje al músculo acalambrado—. Hay conferencistas que le dicen a la gente «tú puedes conquistar el mundo, eres el mejor, sólo piensa en eso todos los días y ya está». ¡Es mentira! Con buenas actitudes no ganas una carrera. Necesitas actuar, trabajar y entrenar diariamente.

Itzel hizo señas de sentirse mejor y se puso de pie muy despacio. Ax le quitó la mochila para aligerarle la carga y se quedó en la retaguardia con ella. Rodrigo pasó a la cabeza del grupo. Reiniciaron la marcha, ahora caminando a grandes pasos. Después de un rato, el viento y la nevada disminuyeron.

—Me gustaría ser atleta como ellos —comentó Itzel—. También quisiera aprender bien inglés y sobresalir en la escuela...

—Haz tu código secreto con esas declaraciones —insistió Ax—. Repítelas varias veces al día y comienza a *vivirlas* en soledad, sin esperar dinero ni aplausos ni felicitaciones. Por el contrario: cuando la gente descubra tus creencias y vea que las llevas a la práctica, recibirás burlas e insultos, pero no te detengas. Sólo quienes se sacrifican durante años estudiando, entrenando, produciendo, y defendiendo con hechos un código en el que creen, surgen de pronto como campeones y asombran al mundo.

—¿Entonces las declaraciones del código no son como conjuros mágicos que se hacen realidad por sí solos?

—Lo son, pero sólo si crees en ellas a tal grado de respaldarlas cada minuto del día con hechos.

—Mhh.

—¿Vas bien?

—Sí.

—Ya casi llegamos.

Había oscurecido casi totalmente, pero aún se distinguían las sombras del terreno. Itzel caminaba con más ritmo. El hecho de ir pensando en otras cosas le ayudaba a no enfocarse en el agotamiento de su cuerpo.

De pronto, un nuevo calambre la volvió a tirar.

—¡No! —gritó—, ¿por qué me pasa esto?

El grupo volvió a detenerse. Dos coyotes cruzaron a escasos metros frente a ellos y fueron a ocultarse entre los árboles. Empezaron a aullar. Casi de inmediato se les unieron los horrísonos chillidos de más coyotes.

—Ahora entiendo —dijo Rodrigo—, cuando Rachyr dijo que había visto sombras en nuestro camino.

—Debemos movernos de aquí —aseguró Ax, pero Itzel estaba agarrotada por completo. El resto de los chicos miraba alrededor sin hablar. Lo que tanto temían estaba ocurriendo.

82

# DISFRAZ DE CAPITÁN

## tercera parte

# 1

Como los coyotes seguían aullando, Itzel se puso de pie. El nuevo calambre tardó más tiempo en quitarse y le dejó un eco de dolor.

—Odio esta ropa —mordió las palabras—. ¡No sirve para nada y me hace sentir como una tonta!

Los *pants* de felpa se habían enrollado. La chamarra con forro de peluche estaba tiesa y helada. Observó a sus compañeros alrededor. En las tinieblas no pudo distinguir quien era cada uno, pero sí percibió que su aspecto deportivo les daba a todos ellos una apariencia similar. Se veían como un grupo de profesionales en la nieve.

—Dame tu chamarra —le dijo Ax.

Itzel se la quitó con mucho trabajo, pues el brazo enyesado estaba muy apretado dentro de la manga.

—¡Está empapada!

El entrenador la dobló y la amarró a su mochila, luego se quitó la suya y se la dio.

—Pero...

No digas nada. Póntela y vámonos pronto de aquí.

El abrigo del maestro era ligero, impermeable y muy caliente. Itzel sintió que todo su cuerpo se lo agradecía.

Empezaron a caminar, Ax usaba su bastón especial con tal agilidad que era difícil percibir que tenía una pierna inservible.

El grupo se detuvo abruptamente. Las amenazadoras sombras de varios coyotes rondaban alrededor de ellos.

—*Oh my gosh* —dijo Evelyn—. *Are they dangerous?*

—No —respondió el entrenador—. No son peligrosos. Sólo comen roedores y mamíferos pequeños; aunque cuando están en grupo pueden atacar venados.

—¿Y gente?

—No... Nunca se ha sabido de algo así. Caminen con seguridad...

Los muchachos se movieron despacio. Ax retomó el liderazgo del grupo. En efecto, los coyotes se hicieron a un lado para perderse en la penumbra, pero después reaparecieron a escasos metros, detrás de los chicos.

—¡No corran; tampoco se detengan!

Los aullidos aumentaron. ¿Sabrían esos animales hambrientos que no debían atacar a los humanos? En dos ocasiones se acercaron demasiado y los muchachos tuvieron que gritar para ahuyentarlos. La adrenalina que corría por el cuerpo de Itzel la hizo olvidarse del cansancio. Al fin se distinguió la silueta de la camioneta entre los pinos. Alfredo Robles salió del vehículo y se aprestó a recibir al grupo de chicos ayudándolos con sus mochilas.

Los jóvenes subieron a la camioneta. Alfredo encendió la calefacción del vehículo mientras Ax terminaba de acomodar los equipos en la cajuela.

—Debemos irnos pronto o ya no podremos encontrar el camino de regreso.

En efecto, la carretera había sido borrada completamente por la nieve. Al encender las luces, el espectáculo fue casi aterrador. Miles de copos caían trazando líneas verticales en el aire. Con el reflejo de la luz, el panorama lucía repleto de rayas blancas. Itzel no podía creerlo. Había visto muchas veces llover de noche dentro de un automóvil, pero esto era distinto. Cuando llueve, las gotas de agua se pegan al parabrisas y son removidas rápidamente por el limpiador; los copos de nieve, en cambio, brincan en el cristal y se quedan unos segundos suspendidos impidiendo la visibilidad. Encender las luces altas del coche tampoco ayuda, pues los rayos rebotan en la cortina helada y ciegan al conductor.

Alfredo Robles hizo avanzar la camioneta lentamente por un sendero imposible de distinguir. Algunos coyotes se cruzaron en el camino. Eran animales flacos y desesperados a causa del ayuno invernal. Sus ojos, de una horrible luminiscencia roja, los hacían parecer demonios al acecho.

Ax comenzaba a hacer comentarios a su amigo respecto a la reciente aventura cuando observó algo frente al vehículo que lo hizo guardar silencio.

Alfredo frenó por completo.

—¿Qué es eso?

Una obstrucción de nieve les impedía el paso.

Ax abrió la puerta y bajó para cerciorarse. Luego regresó y dijo.

—Hubo un derrumbe. La carretera está cerrada.

Durante varios segundos todos permanecieron callados.

—Trataremos de bordear la montaña —dijo Alfredo después—. Es la única forma de salir de aquí.

Echó en reversa la camioneta y a duras penas logró dar la vuelta para regresar por el mismo camino. A pesar de ser un vehículo de doble tracción, se patinaba como si anduviera sobre un lago congelado. El conductor se metió entre los pinos por una ruta angosta que sólo él conocía. No únicamente Itzel estaba paralizada, todos los jóvenes habían perdido el aliento. Era evidente que en cualquier momento podían quedar atascados.

—Esto no me gusta nada —confesó Alfredo como hablando consigo mismo.

De pronto se sintió una fuerte sacudida. Las llantas del lado

**Disfraz de capitán**

izquierdo se atoraron. Alfredo accionó la tracción delantera y la camioneta patinó hundiéndose más.

—Trata de moverte en reversa —dijo Ax—. Estamos en un hoyo.

El chofer obedeció, pero la camioneta se deslizó hacia la izquierda y luego a la derecha.

—¿Qué es esto?

—¡Una enorme zanja! ¡Cuidado!

De nada sirvió la advertencia. El vehículo se fue de frente hacia el agujero. Los chicos gritaron. Un estanque de nieve los cubrió hasta la mitad.

—*Are you all right?*

Todos estaban bien, pero nadie contestó. Itzel accionó la manija para salir y se dio cuenta con horror que las puertas no se podían abrir.

—¡Estamos atrapados!

—Tranquila. Stockton y Rodrigo, ¿pueden abrir la escotilla trasera?

Como la camioneta había quedado hundida de frente y levantada de la parte posterior, la compuerta de carga no estaba obstruida.

—Sí —dijo Rodrigo—, ya lo hice.

Fueron saltando uno a uno los asientos hacia atrás para poder salir.

Seguía nevando de forma incesante.

# 2

Fue una labor agotadora. Mientras los muchachos escarbaban en la nieve, tratando de descubrir las llantas del vehículo, las chicas conseguían piedras y trozos de madera para construir una rampa. Durante las siguientes dos horas todo el grupo trabajó hasta la extenuación, sin embargo, cada vez que intentaban sacar la camioneta, las llantas patinaban de un lado a otro y el auto se hundía más en la zanja.

Con la vista desencajada, Alfredo tuvo que reconocer:

—Es inútil. Necesitamos dividirnos para pedir ayuda. Iré con dos muchachos a la base de rescate.

Itzel quedó sorprendida cuando vio que todos los chicos levantaban la mano y se ofrecían como voluntarios.

«¿Qué les pasa a estos tipos?» pensó «¿no están cansados?»

Caroline preguntó si podían caminar juntos hacia la ciudad sin separarse y Alfredo contestó de inmediato.

—Las condiciones son muy peligrosas. Lo correcto en estos casos es salvaguardar a la mayoría del grupo y enviar por ayuda a dos o tres personas como máximo. Rodrigo, ¿puedes sacar el equipo?

El hijo del rescatista entró a la camioneta por la puerta de carga y alcanzó varias bolsas que contenían comida, agua, lámparas especiales, radios y localizadores. Alfredo repartió barras energéticas de avena. Todos tomaron una y se la devoraron. Después, Rodrigo y Stockton ayudaron a preparar el equipo y se alistaron ellos mismos sin preguntarle a nadie.

—Volveremos pronto.

La tormenta no cesaba y un coyote aullaba con insistencia.

—Tengan cuidado —les dijo Itzel.

Alfredo y los dos chicos se alejaron por la ladera. Walton, Ax y las tres mujeres regresaron a la camioneta. Como el vehículo se había caído hacia delante, la posición era incómoda. Tuvieron que reclinar los asientos para enderezarse un poco. Ax encendió la calefacción.

Itzel trató de recuperar la serenidad. Sus manos temblaban.

**Disfraz de capitán**

Cerró los ojos y comenzó a hablar en inglés. Dijo a sus compañeros que quería darles las gracias por permitirle ir a esa excursión, pero, sobre todo, por aguantarla y no enojarse con ella cuando tuvo esos calambres.

—Por mi culpa nos atrasamos. *It was my fault...* —buscó las palabras y trató de explicar que, aunque se sentía rechazada por todos en ese país, ellos la habían aceptado y no sabía cómo agradecerlo...

Evelyn y Caroline le dieron ánimos frotándole la espalda. Dijeron que estaban felices de tenerla ahí.

—Te comprendo —dijo el entrenador—, porque cuando yo tenía once años, no hablaba español y fui inscrito en una escuela particular de la ciudad de México. La mayoría de las personas me rechazaban. Lo que te ha pasado a ti al venir aquí no es nada comparado con lo que me pasó a mí cuando era niño.

—¿Qué idioma hablaba?

—Lacandón. Una lengua indígena. Mis compañeros solían bailar danzas alrededor de mí para molestarme. ¿Puedes imaginarte? Eran crueles conmigo. Pero un día nos llevaron a un parque de diversiones en el que se presentaban diferentes espectáculos y me eligieron, junto con otros chicos, para pasar al frente. Nos disfrazaron de guerreros del espacio y nos hicieron fingir una pelea intergaláctica frente a todos. Como yo estaba disfrazado, nadie me reconoció, sentí confianza e hice una gran actuación, al final me subieron a un pedestal declarándome el ganador de la batalla. Cuando me quitaron la máscara bajé la cabeza, apenado de ser yo mismo, hubo silencio en el teatro y después comenzaron a silbar y a hacer ruidos de la selva. Aquel día entendí que la vida es un juego de disfraces. ¡Mientras estuve enmascarado y actué como guerrero del futuro fui aceptado y admirado por el mundo, pero cuando me vestía y comportaba como indígena, era el hazmerreír de la gente! Entonces me enfoqué en la tarea de cambiar mi disfraz, comencé a trabajar muy duro por aprender español y quitarme el letrero de salvaje que tenía en la camiseta. Procuré vestir de otra manera y moverme con más desenvoltura. El proceso duró mucho tiempo, pero al final funcionó. Logré entrar a la universidad y estudié la carrera de Antropología e Historia. Después hice una maestría y me convertí en catedrático.

Itzel miró la chamarra que traía puesta. Era de Ax. Algunas horas antes, ese simple cambio de ropa la hizo sentir más segura, cómoda y fuerte. Estaba comprendiendo que, si deseaba SENTIRSE experta en algo, debía PARECER experta. Además, los disfraces permitían al actor representar su papel. Por eso un karateca se vestía distinto a un político o a un doctor. Cada uno necesitaba determinada apariencia para trabajar y tener éxito en su área.

—¿Cómo llegó a la ciudad de México? —preguntó Caroline en un inglés que Itzel entendió bien—. Nunca nos ha platicado sobre su niñez...

El entrenador dudó unos segundos y luego abrió su corazón frente a los muchachos.

—Yo nací en la selva de Chiapas, en una tribu pequeña muy celosa de su tierra. Para mi pueblo, el medio ambiente tenía un significado místico. Éramos felices hasta que llegaron los hombres de la ciudad. Venían talando árboles y destruyendo nuestros tesoros. Los hombres de la aldea se opusieron a dejarlos avanzar. Esas tierras, eran intocables para ellos y se desató una guerra. Mis ancestros se movían con gran agilidad en la selva, pero no lo suficiente para evadir granadas y armas de fuego. Los forasteros hicieron una matanza terrible y quemaron la aldea. Yo tenía diez años de edad, me escondí entre la maleza y presencié la destrucción de mi pueblo. Pocos días después llegó un grupo de las Naciones Unidas. Fue demasiado tarde. Me encontraron en medio de lo que había sido mi casa. Dicen que la escena era tan terrible y conmovedora que se hizo un escándalo internacional. Una pareja de sociólogos solicitó hacerse cargo de mí. Así fue como llegué a la ciudad de México, adoptado por padres a quienes yo no quería y metido por la fuerza a un mundo al que le tenía miedo. Tuve que superar muchas barreras para lograr salir adelante.

El radio emitió una señal. Era Alfredo. Todo marchaba bien. Calculaban conseguir la ayuda necesaria en poco tiempo. Ax le dijo que estaba enterado. Después de un intervalo continuó.

—A los treinta años de edad, viajé a Estados Unidos para estudiar un doctorado. Aquí conocí a una hermosa y educada antropóloga norteamericana, de la que me enamoré profundamente. Era mi maestra. Fue muy difícil conquistarla, pero al fin nos casamos... Toda mi existencia cambió... Supe lo que era entregarse a una familia y disfrutar la verdadera vida. Ella era una mujer extraordinaria —carraspeó y guardó silencio—. Juntos desarrollamos los conceptos del mapa que les he enseñado. Buscamos ayuda del gobierno —continuó—, y promovimos la creación del «Instituto para el apoyo de los indios americanos». Viajamos por muchos países del continente llevando alimentos, vacunas y profesores voluntarios a las comunidades indígenas —volvió a detenerse; era evidente que estaba haciendo un gran esfuerzo por seguir el relato—. Un día, llegamos al amazonas colombiano —prosiguió—, mi esposa estaba embarazada y se quedó en un poblado. Yo me interné en la selva con la comitiva del Instituto. Eran terrenos peligrosos, así que preferimos no arriesgar a nuestro futuro bebé... —Ax respi-

**92**

ró hondo y volvió a aclararse la garganta—. Pero nos equivocamos al creer que los indios eran peligrosos. ¡Los peligrosos eran los hombres civilizados! ¿Cómo pude olvidarlo? La tragedia que viví a los diez años de edad volvió a repetirse.

Los chicos podían sentir en el ambiente la profunda tristeza de su entrenador. Itzel agachó la cabeza apenada. En poco tiempo había aprendido a querer y a respetar a ese hombre.

—La guerrilla llegó al pueblo en el que estaba mi familia y secuestró a todos los extranjeros. Se llevaron a nueve personas, fotógrafos, reporteros, científicos. Deseaban pedir un rescate millonario, pero el ejército interceptó a los secuestradores y se armó una balacera. Aunque los guerrilleros lograron escapar, antes de hacerlo mataron a sus secuestrados.

Esta vez la pausa se alargó, pero nadie lo forzó a proseguir. Al fin dijo:

—Tomé un autobús y regresé a Chiapas. Me metí en la selva lacandona con la idea de no volver a salir de ella jamás. Cuando encontré el valle en donde había estado ubicada mi aldea, me acosté sobre el piso y me solté a llorar desgarradoramente. No creo que un hombre haya llorado tanto en este mundo. Estuve ahí varias semanas, envuelto en una profunda tristeza. Cuando comencé a hablar con los espíritus de mis antepasados me di cuenta que estaba enloqueciendo... Entonces me puse de pie y traté de salir de la selva. Fue difícil porque estaba muy débil. Al fin lo logré y viajé de regreso a Estados Unidos. No quise volver a mi casa. Vine a estas montañas y me uní a un grupo de indígenas que habitaban aquí... Ellos basaban su vida en una filosofía de «código secreto» y me ayudaron a rehabilitarme. Su jefe era un anciano celoso de sus tradiciones.

—Rachyr...

—Sí... Tiempo después, el gobierno autorizó la construcción de un centro para esquí y comenzaron a talar árboles con maquinaria ruidosa. El gobierno quitaría la reservación india. Fui a la capital a tratar de abogar por los nativos y sufrí un accidente... Estuve en silla de ruedas durante cuatro años...

Itzel logró armar todo en su mente. Se preguntó si el resto de los chicos sabrían que en ese viaje a la capital, Alfredo Robles estuvo con la pandilla que le disparó al entrenador por la espalda, dejándolo inválido por un tiempo. Volteó a ver a sus compañeros pero no detectó ninguna reacción.

—Como ven, no he tenido una vida fácil... Por eso insisto que ustedes pueden salir adelante de sus problemas, cualesquiera que sean.

Y como si sus palabras fueran el augurio de más retos a enfrentar, el motor de la camioneta se detuvo. Ax trató de encenderlo varias veces sin éxito. Se había terminado la gasolina. Eso significaba que la calefacción no funcionaría más. Intentaron comunicarse por radio con Alfredo y nadie contestó. Itzel limpió el vapor de la ventana y quiso adivinar si la nieve seguía cayendo. Se quedó paralizada al mirar hacia afuera. El mal tiempo continuaba y la camioneta estaba rodeada de coyotes.

# 3

Papá:

¿Alguna vez fuiste perseguido por un grupo de coyotes hambrientos en medio de una tormenta de nieve? ¿Alguna vez el coche en el que ibas se desbarrancó y quedó atrapado en una zanja y estuviste congelándote toda la noche esperando que vinieran a rescatarte? ¡Se siente horrible, papá! Aunque tal vez tú lo hubieras disfrutado. Dice mamá que eras un aventurero. De hecho eso fue lo que a ella le gustó más de ti. En aquella excursión en Veracruz, donde se conocieron, ella quedó impresionada contigo porque eras el más experto. Luego, cuando la lancha de remos se volteó en los rápidos del río, tú rescataste a mamá y ella se enamoró de ti. Aquí entre nos, siempre me ha parecido una historia medio cursi e increíble. Se me hace que provocaste el accidente para lucirte con la muchacha que te gustaba. Siempre fuiste un chiflado. Te reías de todo y por todo. Desde que era muy pequeña me enseñaste a patinar, a andar en bicicleta y a caminar con zancos enormes. Pero de lo que más me acuerdo era de cuando me subía a la mesa de la cocina, cerraba los ojos y me dejaba caer hacia atrás. Tú siempre me atrapabas en el aire unos centímetros antes del suelo. Era divertido y aterrador. Lo volvía a hacer una y otra vez. Tenía la seguridad de que estabas ahí y podía confiar en ti. Ya no. Ni estás ahí, ni tengo a nadie en quién confiar. Sólo me quedan algunas fotografías tuyas. Tres son mis favoritas. En una te encuentras, después de una carrera de automovilismo, con tu casco y tu traje especial lleno de anuncios. En otra, te ves con tu equipo de buceo en el fondo del mar, rodeado de peces de colores; en otra, luces tu traje de escalador. Me acordé mucho de ti durante la excursión. En la foto pareces un maestro de la nieve, igual que Ax.

No tienes idea de todo lo que he cambiado en estas semanas. Ya no soy tan tachosa ni mal hablada. Acabo de terminar de leer mi primer libro en inglés y he estado entrenando para poder formar parte del equipo de esquí. Hago una hora diaria de patinaje en ruedas y luego corro montaña arriba. A veces Ax me supervisa, pero casi siempre entreno sola. Babie tiró la toalla desde el principio. Dice que ella prefiere el arte. Lo que en verdad prefiere es ver la televisión y tomar alcohol cuando Gordon y Tiffany discuten. Creo que va a acabar mal.

Desde aquella aventura tremenda en la montaña, me he vuelto

95

más decidida y segura. Estoy, sobre todo, esforzándome mucho. Hice mi código secreto y lo repito cada día. También practico frases en inglés en voz alta todo el tiempo. Cuando hablo, procuro hacerlo más despacio y pronunciando claramente. Quiero que la gente me vea segura en lo poquito que sé... Todavía me falta muchísimo, pero estoy haciendo una lista de palabras nuevas y me he puesto la meta de aprender veinte cada día. También compré un diccionario electrónico que parece calculadora. No es que me de flojera buscar en el normal, pero es mucho más rápido teclear la palabra que no conoces y obtener el significado de inmediato. Cuando veo una película, pongo los subtítulos en inglés y cada vez que sale una palabra nueva la anoto. También he comprado un par de audiolibros, leo las páginas impresas y luego las escucho. Lo que me cuesta más trabajo es entender la pronunciación. No sé como le hacen aquí para mover la quijada como si fuera de goma y articular tantos sonidos y tonos. He descubierto que la mejor forma de aprender es hablando con compañeros. Por cierto, he conseguido tener algunas amigas en la escuela y los profesores ya no se desesperan tanto conmigo. Sigo saliendo regular en calificaciones, pero ellos ven que mi actitud ha cambiado. Tú sabes, sonrío todo el tiempo, voy peinada y arreglada a las clases y ya no digo groserías en español ni les hago señas con los dedos. Estoy aprendiendo a tener un mejor disfraz. Ax me dio un resumen de ese asunto, que él llama «disfraz de capitán», y casi me he aprendido los párrafos. Siento que muchas cosas están cambiando en mi interior y que ese cambio deberá notarse afuera.

No sé si me estés viendo, papá, pero, la verdad, en lo más hondo de mi ser, lo único que quiero es que estés orgulloso de mí...

Itzel.

# 4

## DISFRAZ DE CAPITÁN

▶ Después de que un guerrero ha estado en su cueva haciendo estrategias y repasando su misión secreta, debe ponerse un disfraz y salir a luchar.

▶ Los indios usan penachos y tinta en la cara; los ejecutivos, sacos, corbatas y portafolios; los buzos, tanques, aletas y visores; los vaqueros botas y sombrero. Sin el disfraz adecuado es imposible triunfar.

▶ Un buen disfraz te abrirá puertas y corazones. Un mal disfraz hará que te maltraten y discriminen. Aunque no te des cuenta, siempre traes uno puesto.

▶ Muchas veces no recibes lo que mereces sino lo que «pareces» merecer. Las personas no saben en realidad quién eres, sólo ven tu exterior y adivinan. A veces se equivocan y a veces aciertan. En ambos casos tú tienes la culpa.

## ACTÚA CONFORME A TU DISFRAZ Y CREE EN ÉL

▶ ¿Te imaginas a la madre Teresa de Calcuta diciendo amenazas y maldiciones? ¿Visualizas a un gran ejecutivo llorando de miedo frente a sus empleados? No basta vestirse como triunfador, hay que actuar como tal.

▶ Usar un disfraz de capitán implica *creer* que eres un capitán. Procura tener una apariencia excelente y piensa que esa apariencia refleja precisamente lo que eres.

▶ Si no sabes cómo debes disfrazarte, imagina las cualidades que quieres tener (inteligente, atractivo, limpio, puntual, alegre, honrado), después conviértelas en tu verdad y actúa conforme a ellas.

▶ Quien se muestra valiente adquiere seguridad, el que sonríe se vuelve optimista, el que se levanta a trabajar con ahínco logra sus metas. Usa el disfraz correcto y vívelo como si fuera verdad.

▶ Todo el mundo detesta la falsedad y la mentira. La gente detecta cuando alguien trata de usar un disfraz en el que no cree, y lo rechaza por hipócrita.

## LOS DIEZ PUNTOS BÁSICOS DE UN DISFRAZ

1. ROPA Y ZAPATOS. Sé un celoso del buen vestir. Date cuenta de lo mal que se ven  la ropa y zapatos viejos. No te acostumbres a ellos sólo porque son cómodos.

2. ACCESORIOS. No seas llamativo en exceso ni muestres rebeldía con arracadas o maquillaje exagerado. Jamás uses tatuajes. Los campeones suelen ser discretos y selectivos en los artículos que usan.

3. VOCABULARIO. No digas majaderías. Las personas de bajo nivel social y cultural se distinguen por ser groseras. Las malas palabras no van contigo.

4. CABELLO. Puedes determinar si alguien es sucio, rebelde, descuidado, y otras cosas, al ver su peinado. Corta tu cabello y péinate de manera que parezcas un campeón.

5. ALIENTO. De nada te servirá tener una gran apariencia si tu boca huele mal. Además de cepillarte, usa hilo dental.

6. LIMPIEZA. Báñate *todos los días*, sin importar dónde estés. No te pongas perfumes para disimular el mal olor sino para resaltar el aroma fresco de una persona limpia.

7. **BUEN HUMOR.** Levantarse enojado, protestar por todo, desquitarse con las personas que no te han hecho nada y estar enfadado porque algo salió mal es un disfraz de fracasado. Adáptate a todo y muéstrate feliz...

8. **SALUD GENERAL.** No te desveles inútilmente. Tu organismo necesita hacer ejercicio, comer de forma balanceada y dormir bien para poder trabajar, crear, razonar y dar buena apariencia.

9. **MODALES.** Si tienes buenos modales, pertenecerás automáticamente a una categoría superior de persona. Esfuérzate por comportarte de manera correcta.

10. **SEGURIDAD.** No confundas ser bien educado con ser tímido. Debes interrumpir la conversación cuando nadie te toma en cuenta. Es mejor hablar despacio, claro y fuerte, que rápido, con bajo volumen y sin claridad. Camina erguido. Bajar la cabeza o encorvar la espalda es signo de inseguridad. Mira de frente a los demás y saluda con decisión.

## PARA MEJORAR TU DISFRAZ, SÉ UN
## IMITADOR DE LO BUENO

▶ ¿Te has visto grabado en video? ¿Eres de los que te avergüenzas y prefieres parar la película? ¡No lo hagas! Analízate y dedícate seriamente a perfeccionar tu actuación.

▶ No necesitas tomar grandes cursos de personalidad para saber cómo vestir o comportarte. Necesitas, sobre todo, ser observador, **imitar** a los triunfadores y evitar hacer lo que hacen las personas desagradables.

▶ Copia lo bueno de todos, pero sé tú mismo, sé diferente y especial.

## TRABAJA Y HAZTE PUBLICIDAD

▶ Muchas personas, con el afán de mostrarse humildes callan sus éxitos pensando que los demás los adivinarán. No es cierto. Sin ser presumido, habla de tus logros.

▶ Los errores que cometas serán una gran noticia, pero si haces algo bien, muy pocos lo tomarán en cuenta, así que levanta la mano y di lo bueno que has hecho.

▶ No seas hueco o soberbio, pero tampoco callado o vergonzoso. Habla de tus victorias con naturalidad.

## EL DISFRAZ SE RESPALDA CON DIPLOMAS

▶ **Respalda tus éxitos con papeles**. Colecciona diplomas, cartas de recomendación, títulos y credenciales. Los papeles provocan respeto.

▶ Muchas puertas se abren si tienes un buen currículum, pero no basta con actuar bien, hay que coleccionar constancias.

## EL INICIO Y EL FINAL DEL DÍA

▶ En una obra de teatro lo más importante es el inicio y el final. Lo mismo ocurre con tu día.

▶ Empieza siempre levantándote temprano, haciendo algún deporte y bañándote. Repasa tu código secreto y ponte el disfraz de capitán.

▶ Acaba el día en tu cueva de la estrategia, haciendo limpieza, ordenando todo, repasando tu código secreto y durmiéndote a buena hora.

# 5

La enfermera comenzó a cortar el yeso. Itzel estaba acompañada de Tiffany en la sala de curaciones del hospital.

—Todo - estar - bien. No - preocuparte.

Cuando retiraron el trozo más grande de yeso, su brazo izquierdo apareció velludo, blanco y delgado.

—¡Qué es esto!

Trató de moverlo y sintió un dolor intenso en el codo.

—*Wait!* —le dijo la enfermera.

La llevaron a una sala de rehabilitación donde se recostó junto a una pequeña tina de agua caliente en la que le lavaron el brazo con cuidado. El procedimiento fue largo y reconfortante. Cerró los ojos mientras tanto y recordó la noche de la aventura en la montaña, cuando la camioneta se quedó sin gasolina y la calefacción se apagó.

Vio a los coyotes hambrientos a través de la ventana. ¡Detestaba esos depredadores con aspecto de perros callejeros! Preguntó si había más animales peligrosos en la montaña y Ax contestó que osos. En pocos minutos, el frío del exterior comenzó a trasminarse hacia el interior del vehículo. A nadie pareció preocuparle. Estaban acostumbrados a las bajas temperaturas, pero Itzel se acurrucó y agachó la cabeza para respirar sobre su regazo. Minutos después, se escucharon ruidos de motores que se aproximaban. Los coyotes huyeron. El ambiente se iluminó con potentes haces de luz. Cuatro motos para nieve habían llegado hasta la camioneta. Ax y los chicos salieron llenos de alegría. Saludaron a sus amigos y subieron a los *snowmobiles*. El regreso en esos vehículos dotados de bandas especiales fue divertidísimo. Itzel viajó asida a la cintura de Rodrigo y tarareó durante todo el camino. Ningún día en su vida había sido tan educativo y emocionante.

**Disfraz de capitán**

# 6

Papá:

Ya me quitaron el yeso del brazo peludo y he comenzado a hacer ejercicios cada dos horas con el codo y los dedos. Me dieron una libretita en la que hay dibujitos de cómo debo moverlos. Aquí son unos ridículos. Tienen instructivos hasta para ir al baño. Al principio me parecía absurdo, pero ya me estoy acostumbrando a sus ridiculeces y como me urge aprender a esquiar, estoy siguiendo cada paso del manual. Ax no quiere enseñarme hasta que me recupere por completo.

Papá, ya sé que te creías Superman, pero ¿nunca sentiste miedo? ¿Jamás tuviste insomnio por el temor a que te pasara algo? Desde que me quitaron el yeso no he podido dormir. Cuando Tiffany y yo salimos del hospital encontramos a tres jóvenes recargados en el coche. Eran los mismos que rompieron el vidrio de Ax. Tiffany les pidió permiso y ellos tardaron en quitarse. Se nos quedaron viendo muy feo. Desde entonces me he topado con ellos varias veces. Creo que me persiguen. Son unos idiotas que tratan de atemorizarme, y lo peor es que lo han logrado. Tengo miedo. No sé que quieren de mí. Mamá me ha dicho que el miedo es bueno porque es un mecanismo de defensa que nos permite detectar el peligro y huir de él. Pero Rachyr me dijo que a lo único que debo tener miedo es al miedo. ¿A quién le hago caso? El otro día estaba corriendo en el parque con Evelyn y Caroline cuando estos tipos aparecieron, nos siguieron de cerca haciendo ruidos cochinos. Mis amigas se detuvieron y se enfrentaron con ellos. Yo no hablé, pero me asusté mucho porque se gritaron y amenazaron mutuamente.

En fin, papá. Estoy haciendo todo lo que me dijeron. Aunque cuido mi cueva de estrategia, he memorizado mi código secreto y uso un buen disfraz cada día, con frecuencia me siento insegura y sola. ¿Qué me aconsejarías si estuvieras vivo? ¿Me defenderías de esos infelices? ¿Me darías un abrazo cariñoso antes de dormir?

Esta noche pensaré que tu alma se ha metido dentro de mi almohada y voy a dormir abrazándote. Espero que no tengas claustrofobia.

Con amor.


Itzel.


# 7

Subía por primera vez en una silla colgante, aferrada al respaldo con su brazo ahora sano y procurando no mirar hacia abajo. Calculaba que era muy fácil caer de ese endeble teleférico. Sus pies dentro de botas herméticas ajustadas se balanceaban por el peso de los esquís.

—Ya vamos a bajar —le dijo Ax—. Levanta un poco las puntas antes de la loma y no te pares sino hasta que veas una raya roja. Después deslízate por la cuesta sin tratar de frenar. Hazlo como lo hemos practicado allá abajo.

En cuanto la silla llegó al sitio de descenso, Itzel estiró las piernas, el esquí se encajó en la nieve y ella se fue de boca. Ax reaccionó apenas a tiempo para detenerla, pero la chica quedó fuera de la silla con los pies cruzados y colgando sin control.

**Disfraz de capitán**

—¡Salta!

Dudó un segundo. Si obedecía, aterrizaría de cara. El cable seguía avanzando. Ya no quedaba tiempo. Se arrojó aventando los bastones. Cayó aparatosamente. Ax tropezó con ella. El operador del teleférico estaba distraído y no oprimió el botón para detenerlo. Los esquiadores de las siguientes sillas se encontraron con el camino obstruido y cayeron también. Hubo algunos gritos de auxilio. Al fin, el empleado salió de la cabina masticando un emparedado que comía a escondidas y detuvo la línea. Había seis esquiadores enredados en el suelo. Aunque Ax era ágil esquiando con su única pierna funcional, necesitaba ayuda en casos como ese. Itzel también requería auxilio, el cerebro se negaba a asimilar que sus pies medían ahora un metro y medio de largo y estaba prohibido entrelazarlos. Cada vez que se levantaba, volvía a cruzar las piernas y se caía de nuevo. Al fin logró incorporarse. Ax le recordó cómo guardar el equilibrio. Habían practicado en la base, pero a ella le asustaba estar arriba. Era interesante ver a un instructor con bastón especial para minusválidos ayudando a una joven principiante. Descendieron por la pendiente con cuidado, veinte minutos después volvieron a subir a las sillas colgantes. Esta vez todo salió mejor. Aunque durante las siguientes seis horas Itzel se esforzó en ganar equilibrio, la mayor parte del tiempo se la pasó trastabillando, cayéndose y volviendo a levantarse.

—Siente el cuerpo deslizarse —le decía Ax—, y deja que tus movimientos sean más naturales.

—¡Es muy difícil!

—Borra esa frase de tu mente y relájate. Poco a poco lo irás haciendo mejor.

Volvió a perder el equilibrio y cayó sobre la nieve. Por fortuna, traía ropa apropiada y no le afectaba el frío ni la humedad. Era increíble lo dolorosa que resultaba la presión de las botas de esquiar para unos pies que nunca las habían usado antes.

—Estoy cansada —confesó apoyándose en el bastón.

—Ya vamos a terminar —dijo el entrenador—. La meta era subirnos diez veces a las sillas y llevamos ocho.

—¿Cuántas veces cree que debo subirme al teleférico para esquiar como los muchachos del equipo?

—Unas quinientas, por lo menos...

El número le pareció enorme, pero luego hizo cuentas. Si subía diez veces por día, tardaría cincuenta días en aprender bien. Sólo necesitaba buscar el tiempo para hacerlo, pues Ax le había regalado una credencial de temporada y unos esquís usados. Se acababa de poner de pie cuando un esquiador derrapó a escasos centímetros de ella y la bañó de nieve.

—¡Hey! —reclamó la chica—. *What are you doing?*

Otros dos esquiadores llegaron a toda velocidad haciendo lo mismo. ¡Eran los jóvenes que habían roto la ventana de Ax!

—*Do you have a new pupil?*

Seguían enojados por haber sido expulsados del equipo y odiaban ver a Ax entrenando a una nueva alumna.

El joven que llegó primero se acercó a Itzel y le agarró la cara apretándole las mejillas.

—*You are pretty.*

Después la empujó con desprecio y la chica dio un paso lateral. Los esquís se le cruzaron y volvió a caerse. Ax enfurecido avanzó para proteger a su alumna, pero otro de los jóvenes lo golpeó por la espalda con el bastón de esquiar. El hombre giró y trató de defenderse. Eran tres muchachos fuertes y violentos en contra suya. Hubo un instante de tensión. Itzel se incorporó y dijo.

—Déjalos, Ax. Vámonos de aquí.

—*Do you want to avoid an accident? Don't speak English!*

—*What?*

Los rufianes se alejaron colina abajo.

—No entendí —dijo Itzel asustada—, ¿dijeron que si quiero evitar un accidente no debo hablar inglés? ¿Por qué? ¿A qué se refieren?

Ax apretó los labios preocupado.

—Yo interpuse una demanda en contra de ellos —explicó—. Estoy solicitando el pago del vidrio roto, todos tus gastos médicos y una indemnización por los inconvenientes causados.

—Sigo sin entender.

—Están a punto de ser perdonados por el juez porque no hay suficiente evidencia... Quedarán libres sin ningún cargo a menos que un testigo declare en contra de ellos. Por eso te advirtieron que no hables inglés.

Itzel bajó la cabeza.

—¿Entonces si voy a la corte y los acuso de lo que hicieron, dicen que me causarán un accidente?

Ax afirmó con tristeza.

—¿Y son capaces?

—Podemos demandar el agravante de amenazas y el juez les prohibiría acercarse a ti... La policía te protegería.

—No Ax. Lo siento. No quiero meterme en más problemas ni arriesgarme a que me hagan algo.

—Lo sé. Ya me lo habías dicho. ¿Vamos a las sillas? Todavía nos falta subir una vez.

—Sí.

Esta ocasión el ejercicio fue perfecto. Ascendieron por el teleférico y esquiaron de regreso sin hablar. Cuando la sesión terminó, maestro y alumna se aflojaron las botas. Itzel sintió un gran alivio. Cargaron el equipo hasta los vestidores. Ax bajó por unas escaleras e Itzel por otras.

El pasillo hacia el baño de mujeres estaba obstruido. Los tres muchachos agresivos la esperaban.

Itzel se detuvo y quiso regresar, pero aún tenía puestas las pesadas botas y no pudo moverse rápido.

—*Hi, dear.*

Uno de los sujetos le dijo que deseaba pedirle perdón por haberla tirado, mientras otro se acercó por un costado y la abrazó. Ella quiso separarse, pero el tercero la tomó del cabello y le mordió ligeramente una oreja susurrándole que no se arriesgara...

—*Don't take the risk. We warn you.*

Itzel gritó pidiendo auxilio. Al momento la soltaron y ella se metió corriendo al vestidor.

# MISIONES COMPLEJAS

## cuarta parte

# 1

La llanta de la camioneta estaba a punto de aplastarle la cabeza cuando alguien la jaló del brazo. Todo se hizo luminiscente alrededor. Una mujer hermosa le sonreía. Itzel le preguntó: «¿quién eres?, ¿por qué me salvaste?» La mujer le contestó con voz suave: «He protegido a tu familia durante años. Tu abuelita consagró los últimos días de su existencia a la bendición de sus hijos y nietos.» Itzel respondió: «No entiendo, ¿fuiste tú la que ayudó a mi mamá y a su hermano cuando se quedaron huérfanos? ¿Tú defendiste a mi primo Felipe? ¿Qué hizo la mamá de mi mamá para bendecirnos así?» La mujer la miró e Itzel se llenó de profunda paz. Un timbre electrónico la hizo saltar. Apagó el reloj despertador sin abrir los ojos. Esa mañana no quería hacer ejercicio ni bañarse antes de ir a la escuela, sólo deseaba seguir disfrutando la reconfortante presencia del ángel con el que estaba soñando. Aunque se esforzó por volver a dormirse, no lo logró. Finalmente se puso de pie y se vistió.

Todo el día estuvo distraída. Tomó las clases en silencio, obedeciendo a los maestros y trabajando con ahínco, sin saber que estaba a punto de ocurrirle algo muy desagradable.

Casi al finalizar la jornada, los muchachos de su grupo fueron invitados como espectadores a un debate público. Salieron del salón corriendo para ganar los mejores lugares. Itzel caminó sin dar muestras de emoción. Cuando llegó al auditorio se dio cuenta que casi toda la escuela estaba ahí y quedaban pocas sillas libres. Vio a Babie sentada entre la multitud, la saludó con la mano. Babie la ignoró. El debate organizado por los profesores de Lengua era todo un espectáculo. Al frente se habían colocado varias mesas con micrófonos que eran captadas por cámaras de circuito cerrado y proyectadas en una enorme pantalla. Se discutiría un tema difícil: La guerra contra el terrorismo. Varios jóvenes, preparados de antemano, ocuparon sus lugares al frente. Quedó una silla vacía. El director invitó a algún voluntario para que tomara parte en el debate. Los murmullos se apagaron poco a poco. El escenario era demasiado imponente para ofrecerse a participar de manera espontánea. Al fin, un joven levantó la mano y fue a ocupar la silla vacía. El debate comenzó. Al momento se formaron dos bandos: uno daba argumentos para apoyar el ataque a los países que almacenan armas y el otro defendía la postura de evitar las guerras. En pocos minutos, el auditorio estaba prendido del debate y los espectadores habían tomado partido apoyando a los agresores o a los pacifistas. Itzel observó el entusiasmo de sus compañeros. De pronto, el moderador llevó su micrófono inalámbrico hasta el público y comenzó a pedir opiniones al azar. Los chicos contestaban con entusiasmo. El asistente cuestionó a Babie y la chica opinó ampliamente. Itzel agachó la cara cuando vio que se acercaba a ella. No deseaba ser entrevistada, pero el moderador le puso el micrófono enfrente para preguntarle cual era su opinión.

—*What do you think about this matter?*

Ella no quiso decir nada. Levantó el índice y lo movió de un lado a otro. Hubo risas en el público. El maestro insistió en que dijera algo.

—*Go ahead, say something*.

Todos sus compañeros guardaban silencio esperando oírla opinar. Su cara estaba siendo proyectada en la pantalla gigante.

—*I think* —dijo repitiendo las palabras «yo pienso»—, *I think... I think... I think... I think... I think...*

Se escucharon algunos murmullos y ella dijo al fin:

—*I don't know...*

Entonces, el auditorio estalló en carcajadas. Itzel tomó asiento y escondió la cara, encendida en rubor. El asistente se rio de ella también y dijo por micrófono que esa compañerita pensaba demasiado y que sus ideas eran muy profundas. Alguien más opinó que no la hicieran enojar porque los bañaría a todos activando las regaderas contra incendio.

Sintió deseos de salir corriendo, pero un peso enorme de vergüenza le impidió moverse. El debate continuó; al final, el director felicitó a los participantes y anunció que al día siguiente habría una discusión sobre racismo en el mismo auditorio. Babie se acercó a Itzel y le preguntó en son de burla si también participaría brillantemente en el próximo debate. Itzel ignoró a la hija de sus anfitriones, recogió sus útiles, fue hasta los *lockers*, dejó todas sus cosas ahí y salió de la escuela corriendo.

# 2

—¡Esto ha sido el colmo! —murmuró con voz de rabia y frustración—, ¡lo último que estoy dispuesta a soportar!

Pasó de largo junto a la montaña de esquí. Aunque eran las dos la tarde y tenía tiempo, como todos los días, de subir cuatro veces a las sillas y esquiar un rato, decidió no hacerlo. ¿Para qué? No tenía caso. De nada le había servido conocer la mayor parte del mapa de Ax. ¡Seguía fracasando y cometiendo errores! En lo más profundo de su ser tuvo la seguridad de que no valía nada y no servía para nada, de que estaba perdiendo tiempo y haciéndole perder dinero a su madre. ¡Nunca aprendería bien inglés ni se adaptaría a

**Misiones complejas**

esa cultura! Su frustración era tan grande que hizo un plan arrebatado, pero definitivo: llegaría a la casa de los Hatley, empacaría sus maletas y saldría a la carretera para pedirle a algún automovilista que la recogiera y la llevara a la frontera. No daría más molestias ni gastaría más dinero. Llegaría a su casa de «aventón». ¿Y si le pasaba algo en el camino? ¡Qué importaba! El mundo no perdería gran cosa.

Una mujer policía se hallaba de pie en la banqueta bloqueando el paso.

—La calle está cerrada —dijo en un inglés diáfano—. Si desea atravesar hacia *Maroneal* tiene que hacerlo por el parque junto al lago.

Itzel trató de discutir, pero fue inútil. No había paso. El jardín rectangular, estaba bordeado por una pista de arcilla para correr. Ella nunca había hecho ejercicio ahí porque detestaba acercarse a ese lago. Caminó por el césped amarillo. Hacía varios días que no nevaba y la gente aprovechaba para salir de paseo. Vio a Rodrigo corriendo. Sintió una ligera esperanza. ¡Necesitaba tanto charlar con alguien conocido! Rodrigo tardaría al menos doce minutos en dar la vuelta a la pista. Itzel esperó. A los diez minutos comenzó a trotar por el sendero... sus cálculos fueron correctos porque casi de inmediato Rodrigo la alcanzó. Iba mucho más rápido que ella.

—¡Hola, Itzel! —dijo disminuyendo la velocidad—, ¿qué haces por aquí? ¿Estás entrenando?

—Apenas voy a comenzar —mintió.

—A mí me falta sólo una vuelta.

—¿Puedo acompañarte?

—No lo sé... —la retó—. ¿Puedes?

—Claro.

El joven aceleró hasta recuperar el ritmo que llevaba. Itzel aceleró también, pero casi de inmediato supo que no aguantaría el paso. Aunque se concentró en respirar por la nariz y trató de tomar un ritmo, Rodrigo comenzó a separarse. Ella hizo un esfuerzo y lo alcanzó. La zancada del muchacho era larga y sus pasos rapidísimos. Itzel jadeaba. Antes de llegar a la mitad del circuito, él se separó de nuevo y ella fue quedándose atrás. Lo miró alejarse. Era un joven alto, de 17 años y espaldas anchas, acostumbrado a hacer ejercicio desde niño. Ella tenía sólo 14 años y apenas llevaba dos meses entrenando. Nunca lo alcanzaría. Disminuyó su velocidad y se agachó para recuperar el aliento. Luego caminó despacio.

Vio la banqueta por la que, minutos antes, había transitado. Ya no estaba cerrada. La gente iba y venía como siempre. Se detuvo y analizó el panorama, desconcertada. La acera era una transversal que pasaba por decenas de avenidas... ¿cómo supo esa mujer policía que ella se dirigía a la calle *Maroneal*? Miró su ropa. No traía ningún bordado ni gafete que dijera dónde vivía...

Rodrigo venía caminando por la pista de regreso para buscarla.

—¿Estás bien?

—Sí —contestó ella—. Corres como ladrón en fuga.

Rodrigo rio y preguntó.

—¿Sueles entrenar aquí?

No. Cuando salgo de la escuela voy a la montaña y esquío un rato.

—¿Sola?

—Los martes y jueves Ax me da clases. El resto de la semana voy sola.

—¿Y qué tal has progresado?

—Mucho. Bajo por las líneas azules a buena velocidad y estoy empezando a entrenar en las negras.

—¡Increíble!

—Quería llegar a ser como ustedes. Pero... Ya no. Me fue muy mal en la escuela otra vez y estoy harta. Decidí regresarme cuanto antes a mi país.

—¿Por qué?

Ella le contó los pormenores del debate en el auditorio y concluyó asegurando:

—La teoría del mapa es bella, pero no logro llevarla a la práctica. Tengo un disfraz de perdedora que no me puedo quitar. ¡Está tatuado en mi piel! Por más que intento sobresalir hay algo inexplicable que me hace perdedora.

Rodrigo respiró hondo y preguntó.

—¿Has visto alguna computadora de marca Xerox?

—¿Cómo?

—Yo tomé clases de mercadotecnia y ahí nos explicaron que Xerox invirtió más de dos mil millones de dólares en fabricar computadoras hace algunos años, pero fue un fracaso porque nadie quiere comprar una computadora con nombre de fotocopiadora.

—¿De qué hablas?

—Cuando la gente cree que sólo sirves para hacer copias, es muy difícil que reconozca en ti otras capacidades. El cerebro de las personas funciona clasificando y archivando. Si suponemos que alguien es agresivo, siempre lo veremos como agresivo, aunque esté dormido. Si pensamos que alguien es tonto, le haremos burla cada vez que abra la boca, sin escucharlo siquiera A la chica que se ha ganado el calificativo de decente la respetaremos de manera automática, pero haremos lo contrario con la que se haya hecho fama de indecente.

—¡Pues algo así me está pasando! —reconoció Itzel—. En la escuela piensan que soy una latina grosera y rebelde, y yo me siento tan presionada con esa opinión que me sigo portando grosera y rebelde...

—Mira, Itzel. Si has hecho fama negativa, nunca lograrás quitártela, a menos que realices algo espectacular.

—¿Algo espectacular?

—Te voy a contar una pequeña historia de la vida real. Hace años, un hombre rico, cuya familia tenía fábricas de armas, se fue de vacaciones. Alguien dijo que había muerto y los periódicos publicaron la noticia diciendo: «ha fallecido el rey de la dinamita, mercader de la muerte». Este hombre se dio cuenta de que estaba destinado a pasar a la historia como un perverso asesino, «mercader de la muerte». Entonces, decidió quitarse esa etiqueta, convocó a una enorme rueda de prensa internacional y anunció que dedicaría el resto de su vida y donaría toda su fortuna a una fundación que promovería el bien de la humanidad. Hoy la gente lo recuerda no como el mercader de la muerte, sino como el instaurador del premio Nobel. Estoy hablando de Alfredo Nobel. Un tipo que decidió arrancarse ese tatuaje de perdedor y ponerse uno de ganador. ¡Hizo algo espectacular! ¿Comprendes? ¡Para que un tonto deje de serlo a la vista de todos, debe pararse al frente del mundo y decir o hacer cosas tan ingeniosas que asombren a los más inteligentes! Para que Xerox venda computadoras requiere inventar una nueva marca con grandes cualidades y hacerle mucha publicidad. No es posible quitarse las etiquetas de forma lenta. Hay que arrancárselas de tajo y hacer que la gente voltee a vernos.

Itzel caminó en silencio. Después de un rato preguntó.

—¿Eso en qué parte del mapa viene?

—¿Te refieres al mapa del entrenador?

—Sí.

—¿Qué importa?

—¡Importa porque tu papá me dijo que Ax le había dado un mapa infalible para tener éxito. Después fui a buscar esa joya de sabiduría y ¡mira lo que me pasó! Estuve seis semanas con este brazo enyesado y pasé dos más en rehabilitación. Ax me aseguró que si me quedaba aquí me enseñaría a ser una triunfadora, pero el mapita ha resultado un estúpido fraude.

Rodrigo observó a su amiga levantando las cejas. Estaba asombrado por su mal carácter.

—Itzel. ¿Me dejas hacerte un examen?

—¿Para qué?

—Dices que has seguido todos los pasos del mapa... ¿organizaste meticulosamente tus papeles y cosas?

—Sí.

—¿Dedicas veinte minutos diarios a poner todo en orden otra vez?

—Casi siempre.

—¿Escuchas buena música o conferencias de superación mientras organizas tu espacio?

—No sabía que eso era un requisito.

—¿Tienes una verdadera libreta de estrategia con diario, reflexiones, sección de dinero, metas para cada área, y horarios?

—Hice mi libreta —confesó—, pero no la uso mucho.

—¿Hablas contigo misma y analizas la realidad crudamente?

—¡Eso sí! Es mi ejercicio favorito.

—¿Hiciste un código secreto con al menos tres declaraciones en presente, en primera persona, en positivo, con precisión y con pasión?

—Sí.

—¿Me puedes decir una?

Ella dudó. Luego se animó y dijo con cierta vergüenza.

—Hablo inglés a la perfección, toda la comunidad norteamericana me respeta y admira porque soy inteligente, creativa y feliz.

Rodrigo hizo un gesto de extrañeza.

—¿Estás viviendo ese código cada momento como si fuera verdad?

Itzel prefirió no contestar.

—¿Trabajas diariamente en secreto con esmero para que esa declaración se fortalezca?

Ella siguió sin responder.

—¿Has pulido tu aspecto físico, tu forma de caminar y de hablar, al grado de que la gente identifique a una triunfadora en cuanto te mira?

—¡Ya basta! He tratado de hacer las cosas, pero no las he logrado.

—¿Te has inscrito en concursos, clases o competencias que te obliguen a esforzarte más?

—¡Dije que ya basta!

—Itzel, preguntaste si el mapa servía, y yo te estoy demostrando que sólo necesitas seguirlo. ¿Dijiste que mañana va a haber un debate sobre racismo? ¡Pues participa! Pasa al frente de ese auditorio y asombra a la escuela con tu discurso.

—¡Imposible!

—¿Me puedes repetir la primera declaración de tu código secreto?

—¡Ya déjame en paz!

—Itzel, ¡prepárate durante el resto de la tarde y mañana arráncate frente a todos la etiqueta mala que tienes! Una persona mediocre preferiría esconderse, no asistir a la escuela, salirse del colegio o irse de la ciudad. ¡Huir! Muchos optan por hacer eso cuando les está yendo mal. ¡Quieren ser deportistas campeones, pero no tienen constancia en sus entrenamientos! ¡Desean triunfar en la profesión, pero abandonan las clases o el trabajo! ¡Tú no eres de ese tipo de personas! Enfrenta el reto de meterte en problemas y salir victoriosa de ellos.

119

—¿A eso se refiere el asunto de las *misiones complejas?*

—Sí.

—¿Y si vuelvo a hacer el ridículo?

—Mejor. Cada vez que te va mal y te levantas eres más fuerte.

Itzel arrastró un poco los pies disminuyendo la velocidad. Ella sentía una atracción especial por ese muchacho. Le gustaba y lo admiraba, pero ahora, después de la charla, estaba demasiado lejos de él. No quería ser su alumna, sino su amiga. Trató de cambiar el tema.

—¿Tienes novia? —se dio cuenta que la pregunta había sido muy descarada y trató de componerla—. Quiero decir, porque si la tienes, de seguro la pobre debe sufrir mucho tratando de ser tan perfecta como tú.

Rodrigo se sintió ofendido.

—¿Te parezco presumido? Lo siento. En realidad sólo quería ayudarte...

—Bueno, sí. Gracias, Rodrigo... Lo que pasa es que te pareces mucho a Ax. ¿Siempre estás dando consejos?

—¡Tú me los pediste!

Itzel prefirió callar. No deseaba seguir cometiendo más errores. Rodrigo suavizó su gesto y dijo:

—A cualquiera del equipo que le preguntes si el mapa de Ax funciona te va a decir algo parecido a lo que yo te dije. ¡Funciona! Hemos convivido mucho con el entrenador y de alguna forma pensamos como él. Si nos ves esquiar en una competencia, todos tenemos una técnica similar. Hemos analizado videos de esquiadores profesionales para imitar todos los movimientos y usar el disfraz de campeón antes de ser campeones. No somos perfectos, pero nos esforzamos por serlo... Es parte del mapa también.

Itzel comenzó a correr. Rodrigo la siguió.

—¿Vas a hacer ejercicio?

—Sí... Gracias... Hasta luego...

El muchacho se quedó atrás.

Ella aceleró a su máxima velocidad. Cuando iba dando la vuelta por la pista, vio a la mujer uniformada que la había desviado del camino. Estaba parada en una esquina ayudando a controlar el tráfico, pero no miraba a los carros como debería hacerlo una policía que trabaja. Miraba a Itzel. La joven siguió corriendo. Dio otra vuelta a la pista y cuando pasó por el mismo sitio buscó a la mujer, pero ya no estaba. Itzel giró hacia todos lados buscándola. Era interesante que durante una de sus mayores crisis, alguien apareciera para cerrarle el camino obligándola a entrar a ese parque, hablar con Rodrigo y acercarse al lago. Algo muy extraño le estaba ocurriendo. Caminó despacio hasta la orilla y observó los diferentes tonos de azul reflejados en el hielo y en el agua. Se sentó en el borde del lago y permaneció observando el majestuoso sitio durante casi una hora.

# 3

En cuanto llegó a la casa, fue directo a la cocina. Sobre la mesa había un paquete de pescados empanizados. Ya se había acostumbrado a la comida congelada. Se calentó su porción y comió al estilo americano. En ese momento sonó el teléfono. Itzel contestó. Era Ax.

—Hola, hija, ¿estás bien?

—Sí —respondió—, ¿por qué la pregunta?

—Encontré a Rodrigo. Me sugirió que te llamara.

—¡Todos en este pueblo son unos chismosos!, ¿verdad? ¿Es por el frío o también viene en el mapa?

Ax respondió:

—Itzel. Quítate ese disfraz de agresiva. No funciona. Trae consecuencias negativas.

—Mhh.

—Sólo quería saber si necesitas ayuda para preparar el debate de mañana.

—¡Rodrigo es un mariquita, boquiflojo! ¡Debería usar falda y uñas largas! ¡No necesito ayuda porque no entraré al debate!

—Piénsalo mejor —insistió Ax—. Los seres humanos necesitamos retos para obligarnos a esforzarnos al máximo. Cuando superamos los retos, maduramos, crecemos y fortalecemos nuestro carácter. ¡Atrévete a experimentar la sensación de felicidad y realización que sólo se puede sentir después de una misión compleja! Te di varias hojas con la síntesis del mapa. Lee el capítulo de este tema y sé valiente. ¡Te quedan unas horas para prepararte! Aprovéchalas y sorprende a tus compañeros mañana.

—¿Y si me preguntan algo que no sé?

—En los debates, como en la vida, no tienes que responder lo que te pregunten, sino lo que tienes preparado. Haz una buena lista de tres ideas puntuales, tres ejemplos y tres comentarios apasionados. Eso es todo. Podrás acomodarlos en cualquier momento. Necesitas hablar con seguridad, articular bien, pronunciar despacio y claro. No olvides ponerte un buen disfraz. Arréglate como una triunfadora. Si lo haces, mañana la vida será diferente...

Ella contestó decidida:

—No lo voy a hacer... De todas maneras, gracias.

Colgó el teléfono y se dedicó a comer, luego fue a su habitación y estuvo caminando en círculo sintiendo que le faltaba el aire. Finalmente se sentó a leer las hojas que Ax le había dado.

# 4

## ¡MÉTETE EN PROBLEMAS!

▶ Las personas que se meten en problemas nunca están aburridas. Tienen una vida ocupada e intensa.

▶ Hay dos tipos de problemas:

—De consecuencias negativas.

—De consecuencias positivas.

▶ Casi siempre puedes prever si el problema va a traerte resultados buenos o malos.

▶ Cuando decides robar algo, destruir una propiedad ajena, golpear a otro, tomar alcohol o drogas, salir con malas amistades, tener relaciones sexuales fuera del matrimonio, desobedecer a las autoridades, insultar a los mayores, hablar mal de los demás, mentir, copiar en exámenes, hacer trampa, portarte sarcástico, y otras cosas similares, te buscarás serios problemas de **consecuencias negativas**.

▶ Cuando decides participar en competencias, decir discursos, poemas u opiniones en público, inscribirte en clases nuevas, viajar, emprender negocios, realizar inventos, escribir libros, componer canciones, estudiar idiomas, aprender arte, tener una mascota, formar parte de un equipo deportivo, ayudar a los huérfanos, visitar asilos, participar en retiros espirituales, organizar ayuda social, y otras cosas similares, te buscarás problemas de **consecuencias positivas**.

▶ Le llamamos *misiones complejas* a los problemas positivos que elegimos de manera voluntaria para aprender, crecer y fortalecer el carácter.

▶ Las misiones complejas son optativas. Siempre se pueden tomar o rechazar, pero sólo trascienden las personas capaces de emprender más y triunfar en ellas.

## TÚ ERES UN TRIUNFADOR. SI ES BUENO, ¡TÓMALO!

▶ Los triunfadores prevén las consecuencias de cada problema, pero **no le tienen miedo a los retos**.

▶ Tú eres un triunfador. Cada vez que puedas, métete en problemas de consecuencias positivas. No rechaces el trabajo, el entrenamiento o los compromisos. Investiga y aprende cada día.

▶ Cuando sepas que algo es saludable para tu cuerpo, tómalo. Come alimentos originales, experimenta el sabor de frutas raras, vive intensamente cada día.

▶ Cuando sepas que algo es saludable para tu mente, tómalo. Lee libros, estudia clases nuevas, resuelve crucigramas y rompecabezas, aprende a memorizar y a razonar rápido.

▶ De las siguientes tres cosas elige por lo menos una en la que destaques de manera especial.

1. UN DEPORTE. Entrena, compite y conviértete en un atleta de alto rendimiento.

2. UNA MATERIA ESCOLAR. Pon empeño especial en conocerla mejor que nadie.

3. UNA ACTIVIDAD ARTÍSTICA. Destaca en música, pintura, baile, teatro, declamación, oratoria, fotografía, coleccionismo.

## HAZ PRESENTACIONES

▶ Los artistas, deportistas, líderes y expertos, se consolidan *sólo* cuando son capaces de demostrar ante un auditorio de lo que son capaces.

▶ No le tengas miedo a presentarte en público. Practica haciéndolo siempre que puedas. Al principio será difícil y te equivocarás mucho, pero cada vez lo harás mejor.

▶ Uno de los retos más importantes en tu vida es aprender a trabajar bajo presión y perder el miedo a ser observado.

▶ No hay nada más atemorizante que las miradas de mucha gente en un auditorio, sin embargo, el campeón verdadero sabe que vencer ese miedo es una de sus misiones complejas más importantes.

## LA MISIÓN COMPLEJA DE DEFENDER TUS DERECHOS

▶ Recuerda que las personas tienden a ser egoístas, y a pocas les interesa velar por tus derechos. Si no te defiendes tú, nadie lo hará.

▶ Aunque seas pacifista y odies tener problemas con los demás, desarrolla la habilidad para protestar cuando recibes un trato injusto.

▶ Jamás aceptes que alguien abuse de ti, te amenace, insulte o te quite algo que te pertenece. Aprende a quejarte con los superiores.

## CONVIÉRTETE EN UN DISCUTIDOR ELEGANTE

▶ No reclames ofendiendo ni agrediendo. Jamás uses majaderías o gestos violentos para protestar. Discute con firmeza y cortesía.

▶ Se necesita inteligencia y educación para discutir sin exasperarse. Practica los reclamos tranquilos y bien fundamentados.

▶ Cuando discutas, da fuerza a tus argumentos, no grites, no te aceleres al hablar ni pierdas el control.

▶ Procura que la discusión sea afable, pero si se complica o te exaltas, recuerda siempre ofrecer una disculpa después, o enviar una nota de reconciliación.

## SABER DISCUTIR ES UNA MISIÓN COMPLEJA

▶ La habilidad para discutir se desarrolla discutiendo. ¡Discute! No te des la media vuelta y abandones furioso un lugar donde fuiste maltratado, murmurando que jamás regresarás.

▶ No huyas diciendo que no vale la pena «hacer corajes» o perder el tiempo reclamando algo. ¡Mientras no corras peligro, regresa y declara tus inconformidades! Al hacerlo, ayudas a la gente a mejorar y ejercitas tu habilidad de discutir.

▶ Tienes que mantenerte en forma. ¿Cómo vas a poder reclamar algo importante cuando sea necesario si nunca practicaste reclamando cosas sencillas cuando tuviste oportunidad?

▶ Te estás entrenando para ser invencible. Los invencibles frecuentemente discuten y exigen sus derechos.

▶ Actúa ahora. Si hace mucho tiempo que no solicitas una cita con el director de la escuela, de un restaurante o de un negocio, para quejarte de algo, hazlo hoy, sólo para mantenerte en forma. Recuerda que tus reclamos deben ser fundamentados, inteligentes y educados.

## ACEPTA MISIONES EN TERRENOS DESCONOCIDOS

▶ Resulta cómodo participar en actividades que conoces. Ahora, atrévete a hacer lo que no dominas.

▶ Sal de tu zona de comodidad y participa en nuevos universos. Para todo hay gente y en todas las áreas hay especialistas. Pregunta, aprende y participa en terrenos ajenos a ti.

▶ Es mentira que sólo tu forma de ver la vida y de hacer las cosas está bien. Conoce nuevas culturas e ideologías.

▶ Si estás aprendiendo otro idioma, platica, discute, escribe y preséntate en público en ese nuevo idioma.

## ACTÚA CADA DÍA CON DISCIPLINA

▶ Es fácil apuntarte en una clase, enrolarte en un deporte o inscribirte a un concurso. Lo que es difícil es prepararte, levantarte temprano, apagar la televisión o dejar la fiesta para ir a atender el compromiso.

▶ Vence la pereza. Lucha contra los consejos mediocres. Niégate a ser una persona comodina que habla mucho y actúa poco.

▶ Cada lunes, plantéate una misión compleja para esa semana. Concéntrate en ella y cúmplela. El siguiente lunes comienza de nuevo. Las grandes cumbres se alcanzan paso a paso. Semana a semana.

▶ Las misiones complejas fortalecen tu carácter sólo si las enfrentas de verdad, dejas de soñar y comienzas a moverte.

▶ Ahora mismo, deja de leer lo que estás leyendo; cierra estas páginas y enfrenta tus retos. Haz cuanto tienes pendiente. Tú sabes qué. No seas miedoso ni perezoso. Sin duda, una misión compleja te está esperando y debes comenzarla *en este momento*.

# 5

Itzel dejó de leer obedeciendo el último párrafo y se tapó la cara. Se imaginó participando en el debate. Luego movió la cabeza. ¡No quería hacerlo, pero las palabras recién leídas le martillaban el cerebro!

En ese país había aprendido a hacer las cosas por ella misma; cuando tenía la ropa sucia iba a la máquina y lavaba, cuando tenía alguna tarea iba a la biblioteca y leía. Así que con mucha lentitud tomó un diccionario y comenzó a escribir sus ideas.

Reflexionó que en Latinoamérica los padres suelen sobreproteger a sus hijos, les preparan su almuerzo, les hacen sus tareas y los defienden incluso de las autoridades; por eso cada vez hay más hijos adultos viviendo bajo el abrigo paterno. En Estados Unidos, en cambio, la mayoría de los jóvenes se van de su casa a los dieciocho años y como los padres tienen poco tiempo para enseñarles a manejar su vida, la educación se enfoca en hacerlos independientes, no hay ayudantes y casi todo es automatizado.

Trabajó durante casi tres horas sin pedir ayuda, pero tenía demasiadas dudas. ¡No era su idioma ni su gente!

—Lo siento —dijo poniéndose de pie—. Yo necesito un asesor.

Salió de su cuarto y fue hacia la cocina. Gordon había llegado de trabajar y discutía con Tiffany. Las peleas de los Hatley eran cada vez más frecuentes e incluso Babie parecía estar acostumbrándose. Observó a la pareja. Gordon interrumpió sus gritos y preguntó a la invitada qué se le ofrecía.

—*Nothing*—respondió Itzel. Regresó por el pasillo y tocó a la puerta de la habitación de Babie. La chica abrió. Itzel agachó la vista y luego volvió a levantarla. Confesó que necesitaba ayuda.

—*I need help.*

—*What?*

Comenzó a explicar en inglés que iba a participar como voluntaria en el debate escolar. Babie hizo un gesto de incredulidad, luego comenzó a reírse. Preguntó si hablaba en serio, e Itzel le dijo que había preparado algunos puntos y deseaba pedirle su opinión. Babie abrió la boca de forma teatral y soltó otra risotada. Itzel sintió que la ira le subía a la cabeza. Tontamente se había imaginado que Babie la dejaría pasar a su habitación y la invitaría a sentar cómodamente para ayudarla. La respuesta hostil de su compañera era normal y, de alguna forma, hacía más interesante el reto.

—¿Me escucharás?

—*Go ahead*—respondió Babie cruzándose de brazos en una actitud de pedantería.

Itzel comenzó a hablar, cuidándose de pronunciar fuerte y claro; pero Babie la interrumpió de inmediato para contradecirla. Itzel no entendió bien los argumentos de su oponente y habló de nuevo recitando lo que tenía preparado. Babie entonces gritó una serie de frases decisivas que hicieron sentir a Itzel como una tonta. Hubo un momento de tensión. ¡Ella no podía hablar con esa fluidez! Escasamente comprendía lo que su contrincante estaba diciendo. Pensó que fracasaría en un debate, pero borró de su mente la idea y volvió a responder desarrollando su discurso de manera extensa. Babie la escuchó con asombro levantando las cejas. Luego soltó otra horrible carcajada de burla. Itzel se detuvo sin saber cómo continuar. Babie seguía riendo escandalosamente. No había manera de proseguir con el ejercicio. En medio de las risotadas, Itzel dio la vuelta y fue a sentarse al sillón de la sala.

Tenía ganas de llorar, pero ella nunca lloraba y menos por tonterías.

Trató de repasar los párrafos de su discurso. ¿Qué le había causado tanta gracia a la norteamericana? ¿Sus ideas? ¿Su pronunciación? Estaba apretando tan fuerte los dientes que le dolía la mandíbula.

Escuchó la riña de los Hatley quienes se habían ido a encerrar a su recámara. Ahora, los gritos de Gordon retumbaban a través de paredes y puertas. Eso ya no parecía una simple pelea doméstica. El hombre había perdido el control. Babie salió de su habitación aterrorizada por los gritos.

Itzel se sentía furiosa y frustrada por lo que pasaba a su al-

**Misiones complejas**

rededor. Miró el teléfono de la sala y se quedó pensado. ¿Qué podía perder? Babie la despreciaba, Gordon necesitaba un escarmiento y Tiffany era una mujer demasiado buena para ser tratada de esa forma. Tomó el aparato y marcó el 911. Le contestó la voz tranquila de un policía entrenado para recibir llamadas de urgencia. Itzel explicó que en la casa en donde vivía, el señor maltrataba a la mujer, y aunque no la golpeaba, necesitaba ser amonestado antes de que las cosas empeoraran más.

Babie no podía creer lo que estaba haciendo su invitada. Itzel terminó de dar los datos al policía y colgó. Las adolescentes se miraron.

En la habitación principal, Gordon seguía vociferando.

A los pocos minutos, las luces rojas y azules de una patrulla resplandecieron de forma intermitente en las ventanas. Alguien tocó el timbre. Itzel corrió a esconderse a su cuarto y Babie la siguió. Se preguntaron si la policía detendría a Gordon y dedujeron que no. Seguramente sólo le llamarían la atención. En efecto, la patrulla se fue después de un rato. Ya no se escucharon más gritos en la casa. Las chicas guardaron silencio, expectantes y temerosas de que Gordon fuera a reclamarles, pero los minutos pasaron sin ningún otro suceso. Abrieron la puerta y se asomaron a hurtadillas. En un sillón de la sala estaba Gordon, absorto en sus pensamientos. Tiffany de pie, a prudente distancia, le hablaba con voz suave.

Itzel y Babie volvieron a encerrarse. Ambas tenían la misma carencia y manifestaban su tristeza de diferentes maneras. Itzel le platicó que su papá conoció ese pueblo y lo visitó con frecuencia antes de morir en un accidente aéreo. Babie se quedó asombrada. Ni siquiera sabía que la mexicana era huérfana de padre. Después Babie habló de cómo su papá se había convertido en un doble de cine y había abandonado a su familia.

Charlaron durante mucho tiempo. De pronto, Babie se disculpó por haberse burlado de ella y le dijo que deseaba ayudarla a prepararse para el debate.

Itzel asintió.

—¿Quieres que te repita lo que tengo pensado decir?

—*Yes.*

Las adolescentes, sentadas frente a frente en la cama, comenzaron a practicar. Babie le corrigió varios puntos, la hizo repetir algunas frases y le sugirió otras.

Trabajaron durante casi una hora.

Al final, Itzel se sintió mucho más segura. Tomó la mano de Babie y le dijo.

—*Thank you very much, indeed.*

La chica norteamericana sonrió y le dio un abrazo a la mexicana.

# 6

Cuando sonó el despertador, Itzel ya se había bañado y estaba repasando su discurso. Se arregló meticulosamente, después telefoneó a Ax para avisarle que había decidido participar en el debate. El entrenador la felicitó.

—Además —dijo la chica— ¡enfrentaré algunas otras misiones complejas!

—¿De verdad? ¿Cuáles?

—Me inscribiré a las competencias de slalom en esquí, participaré en el básquetbol de la colonia, tomaré un curso de pronunciación por las tardes, haré negocio vendiendo dulces en la escuela y organizaré la liga para la defensa de los derechos de los hispanos.

—¿Estás hablando en serio?

—¡Claro! Es lo que usted sugiere en el cuarto punto del mapa ¿no? —repitió—. ¡Sólo trascienden las personas capaces de emprender más misiones complejas y triunfar en ellas!

—¡Ay, Itzel! —suspiró Ax—. Eres increíble. Te vas de un extremo a otro con demasiada fuerza.

—¿Y eso está mal?

—Por supuesto que está mal. Participar en misiones complejas no significa llenarte de actividades. Te volverás loca y acabarás quedando mal en todas. ¡Ve paso por paso! Elige una sola tarea y logra el objetivo. El material dice: «Cada lunes plantéate una misión compleja para esa semana, concéntrate en ella y cúmplela; el siguiente lunes comienza de nuevo». La palabra «semana» es sólo un símbolo de «periodo». Al terminar un periodo elige otra misión y vuelve a realizarla. ¡No permitas que los compromisos se aglomeren y encimen, porque acabarás aplastada debajo de ellos! Es mejor especializarse en algo, paso a paso, que participar mediocremente en todo...

—¡Que confuso! —protestó Itzel—. Sólo usted entiende su mapa. Olvide lo que le dije, ¡no voy a participar en nada!

—¿Lo vez? Itzel, desacelera tu cerebro y piensa con calma. Vamos punto por punto. Concéntrate sólo en el debate. Es tu misión para hoy. ¡Enfrenta el reto y haz tu mejor esfuerzo! Cuando se haya terminado el periodo de esta misión, pensaremos en otra. ¿De acuerdo?

La chica gruñó y arrugó la nariz antes de colgar el teléfono.

—De acuerdo.

# 7

El auditorio parecía una olla de grillos. Esta vez había más personas de los que cabían en las butacas. Los pasillos laterales estaban llenos de jóvenes y algunas sillas habían sido ocupadas por visitantes externos. Todos hablaban al mismo tiempo. De pronto, el rector de la escuela llegó y se paró frente al micrófono principal. Casi de inmediato se hizo el silencio. El dirigente dio las gracias a todos por estar ahí y explicó que, como el debate del día anterior había sido un verdadero éxito, ahora tenían más espectadores. Invitó a pasar al frente a los jóvenes que participarían. Varios muchachos caminaron hasta el estrado. Babie estaba sentada junto a Itzel y le dio un codazo para que se pusiera de pie. Itzel no lo hizo.

—¡Espera! —dijo—. Cuando llamen al voluntario extra, iré.

Pero, en esta ocasión no quedó un lugar desocupado al frente, ni llamaron a ningún participante espontáneo.

—*What's going on?* —dijo Babie—. Itzel, *go ahead!*

Babie levantó la mano para decir que alguien sentada junto a ella quería participar, el director preguntó si ocurría algo, Itzel, aterrorizada, dijo que no, y Babie la miró con desconcierto.

El debate comenzó. Itzel no pudo escuchar lo que decían los participantes. Su cerebro repetía: «Eres una cobarde, así jamás lograrás nada en la vida, ¿de qué sirvió prepararte tanto? ¡Habladora, falsa, mentirosa, gallina!»

Los argumentos al frente no parecían tan interesantes como los del día anterior. Varios jóvenes bostezaban. Si Itzel pasaba todos pondrían atención, listos para reírse. Contó hasta tres. Era como arrojarse a una piscina de agua helada. Para hacerlo era necesario no pensarlo mucho. Levantó la mano. El moderador la ignoró. No era momento de que el público opinara, pero en cuanto Babie la vio decidirse, agitó el brazo entusiasmada y comenzó a hacer ruido señalando a su compañera. El debate se interrumpió. El moderador preguntó enojado qué estaba pasando. Itzel se puso de pie, caminó al frente y habló con el director al oído. Entonces el rector anunció que la única compañera mexicana de la escuela deseaba dar su opinión sobre el racismo. Le dieron el micrófono. Tal como lo había pensado, se hizo un mayor silencio. Por el momento, nadie parecía dispuesto a reírse. Itzel carraspeó y comenzó a hablar. Lo hizo en un inglés claro y fuerte, pero su cerebro trabajó con la misma transparencia que si se tratara de su idioma natal.

—Yo soy extranjera —dijo con voz suave—. Y vengo a confesarles que los he discriminado —los últimos murmullos desparecieron; nadie esperaba escuchar algo así—. Quiero pedirles una disculpa —hizo una pausa para respirar profundamente—. Cuando llegué a este lugar tenía muchas ideas preconcebidas —prosiguió—, pensaba que todos los norteamericanos eran sexualmente liberales, aficionados a las drogas, fríos, sin valores familiares y con complejo de superioridad —silencio—. He comprobado que no es así. También creía que los orientales eran mezquinos, los judíos avariciosos y los árabes terroristas —hubo algunos rumores—. ¡Mis conceptos estaban equivocados! —miró de frente al enorme auditorio, aunque la mayoría eran blancos, había muchos rostros de otras razas—. Aquí he convivido con diferentes culturas y he aprendido a respetarlas —apretó el micrófono y miró de frente a su auditorio—. Sin embargo, la discriminación es algo común y corriente. ¡No tiene nada que ver con el color de la piel o con la historia de esclavitud! Tiene que ver con las ideas preconcebidas. Cuando nos enteramos que un afroamericano es delincuente o sucio, de inmediato pensamos que todos ellos son así. Lo mismo hacemos para juzgar a los latinos o a los de otros sitios, pero debemos entender que ni todos los de un grupo son malos ni todos son buenos. ¡Ni siquiera podemos decir que los miembros de una misma familia son iguales! Cada persona tiene sus propias características. Yo soy mexicana, y me siento orgullosa de serlo —levantó gradualmente el volumen de su voz—. Amo mi país, mi familia, mi idioma, mi comida, mi religión, mi historia, mi sangre, y estoy absolutamente convencida de que los latinos no somos flojos, ni tramposos, ni desordenados. Sólo algunos lo son —bajó la voz y habló en tono confidencial—. Compañeros, he tenido muchos problemas para adaptarme aquí. En el proceso, he cometido grandes errores. He sido grosera, berrinchuda y desobediente; lo reconozco —hubo algunos rumores—. ¡Activé la alarma contra incendios y empapé a todos! —se escucharon risitas aisladas—, pero, por favor, no juzguen a los mexicanos por los errores que yo cometí. Son *mis* errores. ¡Acabemos con el racismo y veamos a las personas como seres individuales! ¡Dejemos de clasificarlos en grupo y de culparlos por las faltas de otros! —volvió a levantar la voz y mantuvo su discurso hasta el final con fuerza—. ¡Incluso, les propongo que dejemos de juzgar a los demás por sus propios errores del ayer! ¡La gente cambia! ¡Casi siempre para bien! Yo estoy cambiando y mejorando. Fracasé algunas veces, me equivoqué otras, pero sigo superándome. Estoy feliz de haber venido a este lugar y de haber tenido la oportunidad de conocerlos. ¡Les ofrezco que nunca más los volveré a juzgar como grupo! ¡He aprendido a admirar y a querer a cada uno de forma especial! Los trataré siempre como personas dignas y les ofreceré sin reparo, mi amistad y mi respeto...

Terminó su discurso con fuerza y todo el auditorio permaneció en silencio. El asombro era general. Nadie había escuchado hablar a la extranjera de esa forma. Aunque su pronunciación fue deficiente e hizo varias construcciones gramaticales equivocadas, su mensaje llegó a los corazones. Al fin, alguien comenzó a aplaudir. Era Babie. Todo el auditorio la imitó. Itzel volvió a su asiento. Mientras caminaba entre las filas, muchos le daban la mano para felicitarla.

Cuando el evento acabó, fue rodeada por varias amigas espontáneas. Uno de los visitantes externos se abrió paso entre los muchachos.

—Déjame darte un abrazo, hija.

—¡Entrenador! ¿Me escuchó?

—Claro.

—Ya terminé esta misión. ¿Cuál debe ser la siguiente?

—No sé. Tú dime.

—¿Le parece que me presente como testigo en la corte?

—¿De verdad?

—Sí. Lo haré por usted, pero también por mí. Ya no tengo miedo. Puede decirle al abogado que estoy disponible mañana mismo.

Ax sonrió. No había forma de desacelerar a esa joven.

—Te avisaré en cuanto se haga la cita.

—¿Podemos esquiar hoy?

—No creo... Rachyr está enfermo y voy a ir a verlo...

—¿De verdad? ¡Pobre! ¿Puedo acompañarlo? ¡Me cayó muy bien ese viejito!

En ese instante, alguien apareció detrás del entrenador. Era un joven alto de espalda ancha. El corazón de Itzel brincó.

—¡Rodrigo! ¿Estabas aquí?

—Sí, Itzel. Felicidades.

—¡Gracias por tus consejos de ayer!

—No fue nada. Mira. Te escribí una nota.

Babie la jaló del brazo y se la llevó con su nuevo grupo de amigas. Itzel se despidió del chico y su entrenador levantando la mano. Cuando iba caminando, abrió la nota de Rodrigo. Al leerla, no pudo evitar ruborizarse. Era una invitación a salir.

# DEFENSA DEL TESORO

## quinta parte

# 1

Una máquina automática molía materia prima e inyectaba tiras de masa en forma de círculo a la banda sinfín. Las donas crudas entraban al horno y, al salir, eran bañadas con dulce líquido. Itzel miraba el proceso a través de una ventana.

—Aquí hacen las donas como si fueran tortillas —comentó.

—¿Quieres observar la maquinaria mientras pido algo de tomar?

—No, Rodrigo. Voy contigo.

Estaba nerviosa. Nunca antes había salido con un chico.

—¿Y por qué decidiste participar en el debate?

—Algún *chismoso* —remarcó la palabra—, fue a decirle al entrenador que yo tenía problemas y él me llamó para convencerme.

—Ax es como un padre para nosotros y pensé...

—¡Pues pensaste mal! ¿Te parecería correcto que tú me confiaras algo íntimo y yo corriera a decírselo a mi mamá para que ella te telefoneara y diera consejos?

—Tienes razón... No debí hacerlo...

Llegaron a la caja y pidieron un par de donas con chocolate caliente. Luego fueron a sentarse junto al ventanal. Itzel volvió a distraerse mirando la maquinaria automática.

—¡Cómo extraño las tortillas!

Rodrigo sonrió.

—¿Lo dices en serio?

—¡Claro! Esta dieta de hamburguesas, pizzas y donas me está enloqueciendo.

—Pero gracias a ella te has puesto guapísima. Cuando te conocí eras demasiado delgada.

Itzel titubeó.

141

—Bue... no... Sí... Sospecho que lo que en realidad quería mi mamá era engordarme. Por eso me mandó aquí.

Rodrigo volvió a reír.

—¿Cuántos hermanos tienes?

—Soy hija única, pero he crecido rodeada de niños. Mamá es directora de la junta de asistencia privada y coordina varios orfanatos. Su vocación es invitar a los huerfanitos a comer a mi casa. Por eso a veces me invita.

Rodrigo rió de nuevo. Luego recordó.

—Alguna vez comentaste que tu padre murió.

—Sí. Era reportero. Hacía investigaciones para una revista de viajes y deportes extremos. Traigo algunas fotos de él. ¿Quieres verlas?

Sin esperar respuesta, abrió su bolso y las extrajo.

—¡Era un hombre atlético!

—Lo era. Hacía mucho deporte y estaba medio chiflado. Lo digo en el buen sentido. Me acuerdo que daba maromas todo el tiempo. En las fiestas no se sentaba con los adultos a platicar, le gustaba jugar con los niños y siempre acababa lleno de tierra o trepado con nosotros en los árboles.

Rodrigo se había quedado quieto observando una de las fotografías.

—¿Qué te pasa? ¿Por qué tienes la boca abierta?

—Tu papá está en un bote de remos ¡en nuestro lago!

—Sí. Él adoraba este lugar. Le fascinaban las cavernas subacuaticas. Buceó en ellas e hizo varios reportajes.

—¡No lo puedo creer! —dijo Rodrigo—. Las cavernas están a más de cuarenta metros de profundidad y tienen rocas filosas. Son un laberinto oscuro y el agua siempre está helada. Sólo algunos buzos expertos han podido explorarlas.

—Mi padre entre ellos —suspiró Itzel—. Por cierto ¿se puede saber cómo te enteraste de tantos detalles respecto a esas cavernas?

—Por algunos reportajes... Oh no... ¿Tu papá escribía en inglés?

—Sí. Él mismo traducía sus escritos y los enviaba a las revistas norteamericanas.

—¡Increíble! —murmuró Rodrigo. Siguió pasando las fotografías y observó con cuidado cada detalle.

—¡Mira ésta, Itzel!

Su padre, estaba posando junto a un enorme muro natural; al fondo se distinguían las montañas entre nubes.

—¿Qué tiene de especial? También le gustaba escalar.

Rodrigo puso la fotografía sobre una servilleta y completó la silueta.

—¿Ya viste? Detrás de tu papá hay una resbaladilla de hielo techada con nieve y entre la neblina del fondo se distingue la silueta de otra persona.

—No puede ser... ¡Es el cañón del sueño eterno, junto a la guarida de Rachyr.

—Tal vez se conocieron.

Itzel se quedó paralizada por un sentimiento de perplejidad. Preguntó:

—¿Podríamos volver a subir a esa montaña? ¿Hay alguna manera de hacerlo sin organizar una nueva expedición? ¡Necesito hablar con ese viejito!

—Bueno, se puede llegar con motos para nieve, pero es muy complicado. Sólo Ax y mi padre lo hacen cuando deben llevarle medicinas a Rachyr. Además, si vas a verlo necesitarás un traductor...

Itzel guardó silencio y dirigió la vista hacia el ventanal. Las donas se movían en fila sobre la banda metálica.

—En un mes será el campeonato de slalom —dijo Rodrigo, cambiando de tema—. ¿Te gustaría participar?

—No, gracias.

—¿Estás enojada?

*Defensa del tesoro*

Ella sonrió con tristeza.

—No.

El joven se atrevió, con cierto titubeo, a poner una mano sobre la de ella. Itzel sintió que un hilo de electricidad le atravesaba el cuerpo.

—¿Y tienes alguna misión compleja en curso?

—Voy a presentarme en el juzgado a testificar contra los muchachos que rompieron el vidrio de Ax —apartó la mano suavemente y Rodrigo no intentó volverla a tomar.

# 2

Papá:

El otro día salí con Rodrigo. El muy canijo me dio un beso en la mejilla cuando nos despedimos. Aunque en México eso es normal, aquí no lo es. ¡Nadie se saluda o despide con besos! Sólo las parejas que se gustan. Durante toda la semana he pensado en él. Creo que estoy enamorada. ¿Quién lo iba a decir? ¡Ya no quiero que se acabe este año! Cuando regrese a mi país voy a extrañar mucho a todos. Incluso a Babie. ¿No te parece increíble? Hace algunos meses tenía pánico de entrar a las tiendas porque no podía comunicarme en inglés, y ahora hasta me he parado en un tribunal, frente al jurado, público y juez, contestando las preguntas.

Ayer se llevó a cabo el juicio. ¡Fue una experiencia terrible! El abogado defensor me puso muy nerviosa. Dijo que Ax, como catedrático y entrenador, cobraba mucho dinero; enseñó unos recibos al juez en los que demostraba cuánto le pagaban sus alumnos y me preguntó si a mí me cobraba algo por entrenarme y darme clases. Yo dije que no, entonces el tipo se puso a explicar que nadie en el mundo hacía las cosas gratis y que si Ax me regalaba su tiempo era una estrategia para convencerme de culpar a esos pobres chicos y así ganar más dinero. ¡Yo ni siquiera sabía que Ax le cobraba a sus alumnos, y por un momento sospeché de él!, pero luego sacudí la cabeza y negué las acusaciones. ¡Entonces, el abogado, cerdo, me hizo preguntas sucias como que si yo visitaba a solas a Ax en su casa y si había entre él y yo alguna relación «especial»! Tartamudeé. Fue trágico porque me acorraló y me hizo quedar mal ante todos, pero luego comencé a repetir la verdad, como si me hubiera tragado una grabadora. Usé las técnicas que me ha enseñado mamá. Al final, el jurado estuvo deliberando. Fueron momentos de mucha tensión. Volteé a ver la sala. ¡Estaba llena! Rodrigo me miraba con los ojos fijos. Agaché la cara avergonzada sólo de pensar que él pudiera creer algo de lo que ese abogadete dijo. También vi a los tres acusados. Parecían furiosos conmigo. Al fin, el juez golpeó con su mazo e hizo que todos nos pusiéramos de pie. Recitó varias frases que no entendí, y luego dijo con claridad que encontraba culpables a los chicos. Sus padres tendrían que pagar la ventana rota y todos los gastos de mi hospitalización, además, ellos estarían obligados a realizar un trabajo social para el condado sin goce de sueldo durante varias semanas, y les estaría prohibido acercárseme a menos de veinte metros hasta que yo regrese a mi país. ¿Lo puedes creer? ¡Al paso que voy, van a tener que cambiarme la cara y el nombre para que la mafia no pueda encontrarme!

¡Papá, tengo la cabeza hecha un torbellino! Todo el tiempo estoy pensando en mil enigmas: Los jóvenes que me amenazan, el beso de Rodrigo, la forma en que perdiste la vida, las visitas que hacías a estas montañas.

¡Necesito saber más de ti!

Levantó la pluma y se mordió los labios. Había escrito muchas cartas que no podían ser enviadas ni contestadas, pero esa tarde deseaba explicaciones.

Encendió la computadora, puso a un lado el papel que había escrito a mano y comenzó a pasarlo en limpio. Al inicio, en vez de escribir la palabra «papá», escribió «mamá», luego copió algunos párrafos y compuso otros. Nunca le había escrito a su madre. Al terminar, las lágrimas amenazaron con brotar de sus ojos, pero se limpió la cara, apretó los puños, se tendió sobre la alfombra y comenzó a hacer abdominales. Después de unos minutos estaba exhausta y la amenaza de llanto se había esfumado. Se puso de pie y mandó el correo electrónico.

# 3

A la mañana siguiente, se levantó de un brinco y fue hasta la computadora. Comprobó con tristeza que no tenía respuesta de su madre.

Se puso ropa deportiva, salió a desayunar e invitó a Babie a la montaña. Era sábado y el equipo de Ax estaría entrenando para las próximas competencias de slalom.

—Deben examinar la pista con cuidado —les dijo Ax a sus alumnos en el garaje donde solían reunirse—, estudiar los posibles obstáculos, visualizar las «puertas», concentrarse en sus declaraciones de triunfo, equiparse como campeones, controlar el miedo, y lanzarse a competir contra el reloj. ¡El slalom es como la vida! Si se dan cuenta, los pasos para triunfar son los mismos siempre.

—Aunque al final —opinó Rodrigo—, lo que más importa es el cronómetro.

—¡Definitivamente! El campeón del año pasado sólo superó el tiempo de los siguientes diez lugares por dos segundos, ¡pero hay una distancia abismal entre ser campeón y quedar en décimo lugar! Si pudiéramos achicar nuestra vida hasta hacerla del tamaño de una competencia de slalom, la diferencia entre un triunfador y un mediocre serían sólo los segundos que el primero aprovechó mejor. Es el último principio de nuestro mapa: Cada mes, cada día, cada minuto, cada segundo importa. No podemos desperdiciar el tiempo, porque es invaluable y limitado. Poco a poco se nos agota la cuenta. Si sabes que tienes una hora para entrenar, dedícate a hacerlo y sácale jugo a cada minuto de esa hora. Al momento de la competencia, tendrás unos segundos para llegar a la meta. ¡Hazlo verdaderamente concentrado!

Los muchachos salieron a la pista, deseosos de aprovechar cada segundo. Itzel se puso los esquís y acompañó a sus amigos. Babie observó desde una banca.

La pista de slalom tenía una gran pendiente y estaba llena de banderines. Los chicos bajaban haciendo eses y golpeando los postes con el cuerpo en cada giro. Alcanzaban enormes velocidades y sus piernas juntas se movían de un lado a otro como si fueran de goma. Itzel memorizó la pista y pidió permiso para bajarla. Como era su primera vez, Ax le dijo que lo hiciera lentamente. Ella no obedeció. Se acomodó el casco y se lanzó con fuerza cuesta abajo. Apenas comenzó a moverse para esquivar las barras, sintió que perdía el equilibrio. Hizo un esfuerzo y se repuso. Siguió bajando. El trazo la obligaba a hacer eses muy cerradas que no le permitían frenar lo suficiente. ¡Nunca había bajado con tanta rapidez! El miedo la invadió. Si se caía, tal vez volvería a romperse un brazo. Siguió ganando más y más velocidad. No pudo esquivar uno de los postes y chocó de frente. La barra articulada se agachó y levantó como resorte, trató de volver a la pista, pero sus piernas se habían separado. Apretó la mandíbula. Uno de los esquís se encajó en la superficie y el tropezón la lanzó por el aire. Rodó como un maniquí desarticulado y una nube de nieve la envolvió. Los bastones salieron volando, perdió un esquí y siguió dando vueltas sin control. La cabeza le rebotó varias veces en el piso y el casco emitió ruidos secos al chocar. Aunque hacía el intento de detenerse, no lograba pegarse al suelo. Su cuerpo giraba una y otra vez. Pensó que había tratado de aprovechar el tiempo al máximo y estaba a punto de irse de nuevo al hospital. ¡Al entrenador le había faltado decir que no se podía sacrificar el control por la velocidad! Siguió dando vueltas. Perdió el otro esquí y sintió una terrible torcedura en el tobillo. Los golpes eran tan profusos que ya no sabía si saldría viva. Entonces pensó que le faltaba mucho por hacer y no podía abandonarse en la caída. Trató desesperadamente de adherirse al piso congelado. Clavó las uñas y las botas... Al fin comenzó a frenarse. La larga huella de agujeros y rayas detrás de ella fue llegando a su fin. Se detuvo. Cerró los ojos y se sintió mareada... Sus compañeros llegaron esquiando a toda velocidad.

—¡Quédate quieta! —le dijeron.

—¿Estoy completa? —preguntó con voz pastosa.

—No hables.

Alfredo Robles llegó con el equipo de primeros auxilios y una camilla roja montada sobre esquís.

—Voy a sujetarte el cuello y la espalda para subirte a esta tabla. Necesitamos bajarte de la montaña.

Itzel respiró profundamente y le dio gracias a Dios de estar viva.

# 4

Hija:

No sabes cómo me conmovió tu carta. Has estado más de ocho meses en el extranjero y es la primera vez que me escribes. Prefieres hablarme por teléfono, pero tus llamadas son rápidas y cada vez más espaciadas.

Aunque nuestra casa está siempre llena de niños de los orfanatos, eres mi única hija y estoy esperando con ansia el momento de volver a verte. ¡Me haces mucha falta! ¡Extraño tu rebeldía, tu hiperactividad, tu buen humor! Mi vida no es la misma sin ti, pero me consuela saber que estás aprendiendo y creciendo mucho. ¡Todo lo que dices que te ha pasado es increíble! Itzel, disfrútalo y, si es necesario, súfrelo también. A la larga, el dolor tiene su magia, porque es lo que más nos hace madurar.

En tu carta me preguntas si yo fui feliz junto a tu padre y si lo echo de menos tanto como tú. Hija, no tienes idea de cuánto lo extraño, pero no podemos vivir en el pasado. ¿Sabes? Dios me mandó a ese hombre. Apareció de la nada en un momento de crisis. Yo había ido a una excursión con un grupo de jóvenes del orfanato, subimos a una lancha para hacer descenso en río y tuvimos un accidente: la lancha se volteó. Tu papá se encontraba en las rocas, fotografiando el descenso. Cuando vio que uno de los chicos se estaba ahogando, y ni el guía ni yo no podíamos llegar hasta él, se tiró al agua y lo salvó. Perdió su equipo fotográfico. No le importó. Dijo que ya era hora de renovarlo. De todo lo malo sacaba algo bueno. Sonreía mucho, hacía mil cosas a la vez, charlaba, contaba bromas, y tenía un carisma especial para jugar con los niños. Eso me conquistó. Irradiaba alegría, adoraba la vida, pero no podía estarse quieto. Viajaba y descubría las cosas más inverosímiles. Llegó a ser un reportero muy famoso. Éramos recién casados cuando fue al pueblo en el que tú te encuentras con intenciones de investigar sobre unos indígenas a los que el gobierno de Estados Unidos había desalojado de su reservación para hacer una pista de esquiar. Escribió muy poco sobre ellos, pero, en cambio, le fascinaron las bellezas naturales del lugar. Se obsesionó con los riscos que podían escalarse, con los sitios majestuosos desde los que era factible lanzarse en paracaídas y, sobre todo, con las cavernas subacuáticas del lago. ¡Tu padre adoraba ese lago! A partir de entonces lo visitaba con frecuencia. Incluso, nos llevó a ti y a mí a recorrerlo en un bote de remos. Tenías dos años de edad y acababas de salir de una terrible enfermedad. Ya te he platicado de eso. En el lago, festejamos que estuvieras sana y dimos gracias a Dios por nuestra familia.

Fuimos muy felices los siguientes años, hasta que en una de sus investigaciones la avioneta en que viajaba falló y se estrelló. Iban dos fotógrafos, el piloto y tu padre. Los cuatro murieron.

Hija, me costó mucho trabajo recuperarme y aceptar que las personas vivas tenemos una misión inconclusa en la Tierra. Tú y yo estamos vivas. Tu padre no. Eso significa que él ya cumplió su misión y nosotras no. ¡Disfruta intensamente los últimos días de tu intercambio escolar y cuídate! Desde que sé que esquías, me levanto por las noches sobresaltada pensando en que algo pudiera pasarte, pero me tranquilizo porque sé que los ángeles te cuidan.

Me haces mucha falta y estoy contando los días para volver a verte.

Tu mamá.

# 5

Babie tocaba la puerta con insistencia. El entrenador había llegado y estaba esperando en la sala, listo para impartir la última sesión sobre el mapa.

—*What happened?* —Preguntó Babie—. *Are you all right?*

Itzel, encorvada sobre la alfombra, apretaba los puños y respiraba con mucha fuerza. Sentía un dolor profundo en el pecho. Aunque se había golpeado mucho en la última sesión de esquí, estaba perfectamente sana. El dolor parecía físico, pero era espiritual.

—Ya voy —respondió.

Se incorporó muy despacio y en vez de tomar su libreta de apuntes, recopiló las fotografías de su padre y salió abriendo la puerta casi con violencia. Fue directo hasta donde se encontraba Ax y dejó caer sobre la mesa el manojo de imágenes.

—Vea estas fotos, entrenador. Por favor. Usted ha visto a toda la gente de los alrededores. Me acabo de enterar que mi papá vino a este pueblo por primera vez porque estaba investigando lo de la reservación india. De seguro usted lo conoció. Mire. Aquí, está él en el cañón del sueño eterno y hay una persona detrás de él. Debe ser Rachyr.

Ax observó las fotografías una por una y movió la cabeza muy despacio.

—Lo siento. No lo conocí...

—¡Pero tuvo que haberlo visto alguna vez! Él venía muy seguido. Se la pasaba en el lago...

—Itzel, qué más da... Él ya se fue para siempre.

—¡Usted es igual que todos los adultos!

La chica recogió las fotografías y se sentó en el sillón con los brazos cruzados. Ax hizo un gesto de tristeza e impotencia, después preguntó:

—¿Podemos iniciar la sesión?

Babie dijo que sí. Itzel no contestó.

# 6

## TU TESORO PUEDE ESTAR A PUNTO DE ACABARSE

▶ Nadie tiene la vida asegurada. Todos podemos morir cualquier día en cualquier momento.

▶ El tiempo vale más que el dinero, porque con tiempo podemos ganar dinero, pero ni con todas las riquezas del mundo podemos comprar una hora más de vida.

▶ Tu cofre del tesoro se llama «tiempo».

## DEFIENDE EL TESORO PENSANDO EN ÉL

▶ Si conoces la importancia del tiempo, te concentrarás en tus tareas, tendrás conversaciones de calidad, trabajarás con eficiencia, serás puntual y harás más cosas en menos horas.

▶ Si NO sabes que tienes un tesoro, te distraerás, verás la televisión por largos periodos, participarás en charlas ociosas, harás el «intento» de trabajar y harás menos cosas en el día.

▶ ¡Para estar consciente del tiempo hay que mirar el reloj frecuentemente y poner objetivos por periodos cortos!

## DEFIENDE EL TESORO PONIENDO LÍMITES

▶ Mientras más tiempo te des para hacer una tarea, más tardarás en hacerla.

▶ Siempre ocuparás hasta el último minuto del que dispongas para hacer las cosas pendientes. Si tienes sólo unas horas para determinado trabajo, harás rendir el tiempo hasta acabarlo, pero si tienes toda la semana para hacerlo, ocuparás la semana entera y apenas lo terminarás.

▶ La clave para lograr grandes proyectos está en darse tiempos límite cortos, definidos y absolutos.

▶ Acepta fechas límite para todo y no le tengas miedo a las presiones de tiempo. Sé valiente para defender tu tesoro.

## DEFIENDE TU TESORO ACTUANDO CON INTELIGENCIA

▶ No gana más dinero el que trabaja más, sino el que lo hace con inteligencia. Es mejor acertar golpes precisos a los objetivos, que hacer muchas cosas agotadoras sin orden ni tino.

▶ Un líder verdadero diseña estrategias para que los demás hagan buena parte de su trabajo. ¡Aprende a coordinar equipos, a delegar y a trabajar menos pero con más inteligencia!

## DEFIENDE TU TESORO SABIENDO A DÓNDE VAS

▶ La expresión «ser esclavo del reloj» pretende decirnos que la gente apresurada vive una vida de poca calidad. No es cierto. La gente apresurada *que sabe a dónde va* es la gente más feliz, porque cada día progresa, crece y se realiza. La clave es saber lo que quieres y a dónde vas.

▶ Invierte tu tiempo en cosas importantes. A eso se le llama tener prioridades. Analiza a qué labores o personas les regalas tu tiempo y asegúrate de que valgan la pena.

*Defensa del tesoro*

▶ Las «misiones complejas» se regulan por este principio: ¡No puedes participar en todo porque tu tiempo es muy valioso para abrumarte con mil actividades sin sentido!

▶ Tus prioridades son aquello a lo que le regalas tu tiempo.

## DEFIENDE TU TESORO DESCANSANDO

▶ Aprovecha cada minuto para poder terminar pronto tareas, trabajos y compromisos pendientes. Luego date tiempo para relajarte, jugar y descansar.

▶ Si le robas horas de sueño a tu cuerpo, disminuirás tu rendimiento y enfermarás. Si no das a tu mente descanso adecuado tu vida se convertirá en pesadilla.

▶ Organiza tu agenda con todas tus labores importantes y anota también tus tiempos de descanso. Respeta unos y otros.

## DEFIENDE TU TESORO ACTUANDO RECTAMENTE

▶ Correr sin pensar te pone en riesgo de un accidente que puede quitarte meses o años. Actuar de forma deshonesta también.

▶ No trates de tomar atajos ilegales o ser tramposo. Los problemas causados por la mala conducta siempre implican un tiempo perdido.

▶ El peor castigo que puede recibir una persona es perder su libertad. Después de diez años de cárcel, el individuo ha perdido diez años de vida que jamás recuperará.

## DEFIENDE TU TESORO *SIENDO,* MÁS QUE *HACIENDO*

▶ Si con el tiempo logras tener riquezas y fama, pero te conviertes en una persona mentirosa, amargada, promiscua o tramposa, habrás desperdiciado tu cofre del tesoro.

▶ Jesús dijo: «¿De que le sirve al hombre ganar el mundo entero si se pierde a sí mismo?» Hay muchos ejemplos de grandes conquistadores, investigadores, deportistas, intelectuales artistas o empresarios que llegaron a la cima de su mundo pero acabaron suicidándose o perdiéndose a sí mismos.

▶ Es bueno tener un gran espíritu de lucha, pero no trates de ganar siempre y a toda costa.

▶ Lo importante no es lo que has hecho, sino aquello en lo que te has convertido.

# 7

Vestida con su traje amarillo de una sola pieza, Itzel caminó entre los banderines memorizando el recorrido.

Había música y algarabía. Todo el pueblo estaba reunido para celebrar la gran fiesta anual de esquí que marcaba la clausura de la temporada invernal. Aunque era abril y las superficies heladas habían comenzado a derretirse, las dos pistas de slalom y las tres de salto tenían nieve fresca fabricada durante las noches con potentes aspersores de agua.

Itzel terminó de recorrer la pista, se puso los esquís y volteó a las tribunas. Tiffany le hacía señas con la mano.

—¡Ven - Itzel! —le gritaba—. ¡Tenerte - una - sorpresa!

La joven se impulsó con los bastones y esquió hasta su anfitriona.

—¿Qué pasa, Tiffany?

—Cerrar - los - ojos.

—¿Para qué?

—¡Obedecer!

Itzel lo hizo medio fastidiada e impaciente. Llevaba nueve

meses en ese pueblo y le faltaba sólo uno para completar el año escolar. El tiempo se había ido volando y estaba decidida a terminar el ciclo enfrentando una de las misiones más complejas del lugar: Participar en la categoría de mujeres debutantes en la competencia anual. Había entrenado con mucho ahínco, e incluso rechazó la oferta de ir a México en las vacaciones de *Spring break* para quedarse a practicar.

De pronto, alguien detrás de ella le puso las dos manos sobre sus ojos cerrados. Detestaba que hicieran eso, pero una vibración de alegría la invadió. El perfume de esas manos era de...

Se giró con rapidez.

—¡Mamá!

Beky Meneses abrazó a su hija.

—¿Cómo estás?

—Bien, mamá, ¿qué haces aquí?

—Si la montaña no viene a ti, ve hacia ella...

—Pero si viene a ti, corre porque es un derrumbe —rio—, perdón, fue un mal chiste. ¡Qué bueno que estas aquí! ¡No lo puedo creer!

—Tenía que ver de cerca esta competencia.

La voz de un juez en los altavoces invitó a los concursantes a pasar a la zona de preparación.

—¡Ve y haz tu mejor esfuerzo, hija! No importa cual sea el resultado, estoy orgullosa de que estés participando.

Itzel le dio otro abrazo a su madre con muchísima fuerza, después esquió de regreso a la barra T, una especie de cable colgante que jalaba a los esquiadores cuesta arriba hasta la zona de competencia. Llegó con sus compañeros. Estaban sentados en una banca de madera con rostro apesadumbrado. Alfredo se encontraba con ellos.

—¿Qué pasa? —preguntó Itzel—. ¿Por qué están tristes?

—Ax se tuvo que ir —dijo Alfredo.

—¿Le ocurrió algo?

—Rachyr se está muriendo. Un mensajero vino a avisarle hace rato. Me ofrecí a ayudar a su equipo de esquiadores para que él pudiera irse.

Itzel se quedó atónita. ¡Ella necesitaba hablar con Rachyr antes de que muriera! Sin duda el anciano conoció a su papá. Giró la cabeza analizando el lugar. No podía irse en ese instante, pero buscaría la manera de acompañar a Ax en cuanto terminara la competencia.

Los concursantes fueron llamados a las diferentes pistas según su categoría.

En pocos minutos comenzaron los primeros *hits*. Itzel observó con mucha atención la participación de sus amigos. ¡Eran, sin duda los más sobresalientes! Se sintió nerviosa al pensar que no estaría a la altura del equipo. Alfredo la vio retorcerse las manos y le aconsejó que repasara su código secreto y se enfocara en disfrutar y aprender, más que en ganar. Al fin la llamaron a la línea de salida.

Se incorporó y avanzó con decisión. Sus compañeros la animaron. Su madre la observaba de pie en las tribunas.

En cuanto dieron la señal, se lanzó cuesta abajo a toda velocidad enfocándose al máximo en no separar las rodillas, en mover su cuerpo de un lado a otro con los esquís juntos y en golpear con el hombro las barras articuladas. Sin perder de vista la trayectoria, procuró frenar lo menos posible, pero descuidó su postura y sintió que perdía el control. Hizo un par de giros amplios para disminuir la velocidad y entonces volvió a atacar las vueltas con decisión. El movimiento zigzagueante exigía una gran fuerza y agilidad. Al fin, cruzó la meta y el cronómetro electrónico se detuvo. Algunas personas del público le aplaudieron. Escuchó su tiempo por el al-

Defensa del tesoro

tavoz. ¡Había sido demasiado! Se agachó para recuperar el aliento. Con esa marca nunca ganaría la competencia.

—No lo entiendo —murmuró—. ¡Creí que iba volando!

Alguien soltó una sonora carcajada. Dos de los tres chicos acusados en el tribunal se burlaban de ella. Los ignoró. No podían acercársele, y menos en público. De cualquier manera, las risotadas la hicieron sentir más consternada aún. Se dirigió a las barras T para subir de nuevo. Le faltaba una participación. Aún tenía esperanzas. Había demasiados competidores formados, así que hizo una larga fila. Otra esquiadora de impecable apariencia y gran amabilidad coincidió con ella a la hora de tomar el cable. Ambas se acomodaron la barra T sobre sus espaldas y se dejaron llevar en pareja por el mecanismo cuesta arriba. Conversaron en inglés.

—¿Cómo te fue en tu competencia?

—Más o menos...

—¡No te desanimes! Los chicos de Ax tarde o temprano llegan a ser campeones.

—¿Cómo sabes que Ax es mi entrenador?

—Te he visto con él.

—En este pueblo todos se conocen, ¿verdad? Creo que yo también te he visto a ti, pero no sé donde.

—Así pasa aquí.

—Ax es un gran maestro —reflexionó Itzel—, ¡pero nos dejó solos hoy!

—Tuvo una emergencia —respondió la mujer—. Lo acabo de ver allá abajo. Estaba preparando una de las motos y me dijo que necesitaba viajar hacia la otra montaña. Le sugerí que no fuera solo porque la nieve de los caminos se está derritiendo y es muy fácil caerse a un precipicio.

—¿Y él qué contestó?

—¡No me hizo el menor caso! Si puedes, dile a Alfredo,

en cuanto lo veas, que vaya con Ax. En esta época ningún explorador debe andar solo.

Itzel encontró una buena excusa para ir con su maestro. Abandonó la barra T esquiando a toda prisa y le dijo a Alfredo que debían apoyar a Ax .

—Tenemos que ir con él. ¡Puede accidentarse!

—Ax sabe cuidarse —respondió el hombre de inmediato—. Me encargó que estuviera aquí y no puedo abandonarlos en plena competencia. Walton está a punto de participar en salto. Después platicamos.

Alfredo se alejó e Itzel se quedó con el resto de los chicos.

—¡Yo quiero ir a buscar al entrenador! —insistió—. ¿Alguien me acompañaría?

La miraron con extrañeza.

—¿De qué hablas? —dijo Caroline—. ¡Estamos en medio de un campeonato!

—¡Lo sé! Aún así podríamos terminar nuestro segundo *match* y no esperar los resultados, ni las premiaciones ni la ceremonia de clausura. Esquiaríamos hasta la base, entraríamos al garaje y prepararíamos uno de los *snowmobiles* que están ahí.

Stockton sonrió como si estuviese oyendo la proposición más absurda del año.

—Ni siquiera sabemos llegar a la cueva de Rachyr por esa ruta.

—¡Quizá sea fácil! Ustedes conocen la montaña.

Hubo un silencio tirante entre los miembros del equipo.

—¡Anímense! —insistió Itzel—. ¿Creen que quiero irme porque voy a perder de cualquier modo? No es así. Mi madre vino desde México sólo para verme y me gustaría disfrutar hasta el último momento de esta fiesta, pero Ax nos necesita...

*Defensa del tesoro*

Rodrigo sonrió. Le encantaban las ideas alocadas de Itzel.

—Estás chiflada, amiga —dijo—, pero me gusta que seas así. Voy a competir y a ganar. Después iré contigo. Alguien más tendrá que recoger mi trofeo...

—¿Hablas en serio? —Preguntó Evelyn—. ¿Te vas a ir con ella?

Itzel detectó una chispa de celos en la mirada de Evelyn.

—Sí.

—Pues yo los acompañaré. Ax puede necesitarnos.

Los demás muchachos hicieron gestos de asombro y permanecieron callados.

Fue extraño ver a Rodrigo concursar como un bólido en la segunda manga, romper el récord de su categoría y terminar desapareciéndose detrás de la colina. Evelyn también hizo un gran papel, logró el mejor tiempo de las mujeres expertas y siguió esquiando cuesta abajo sin frenar. Itzel, en la pista de principiantes, tampoco tuvo que esperar demasiado. Como había hecho uno de los peores tiempos, fue llamada casi al inicio. En cuanto le dieron la señal, se lanzó a esquiar haciendo buenos movimientos. La mitad de su recorrido fue fenomenal, pero las puertas tenían un mayor grado de dificultad y no pudo mantener la trayectoria. Se estrelló de frente con una de las barras. El palo articulado rebotó en el suelo. Estuvo a punto de desequilibrarse. Trató de regresar a la marcas y volvió a chocar con otra barra. Los bastones se le enredaron, hizo un malabarismo espectacular tratando de no caer. El público emitió una expresión de asombro. Ella se mantuvo erguida y dejó de zigzaguear. Apenas recuperó el control siguió en línea recta ignorando el resto de las barras. Cruzó la meta y continuó de frente. Sabía que estaba descalificada, pero respiró hondo y trató de consolarse. «No era lógico triunfar en un deporte que había aprendido apenas unos meses atrás.»

«A veces, cuando se pierde, es cuando más se gana.» «Había logrado madurez, experiencia y diversión.» Aunque estaba consciente de todas esas ideas, sintió que unas pinzas de tristeza le apretaban la garganta.

# 8

Rodrigo y Evelyn prepararon la maleta. Incluyeron palas, radiotransmisores y víveres, después arrancaron el *snow-mobile* y salieron del garaje. Itzel llegó jadeando, se quitó el equipo de esquiar y se puso un par de botas viejas de las que estaban colgadas. Ninguno de los jóvenes habló. Se movieron con rapidez. Rodrigo se sentó al volante del vehículo, detrás se acomodó Evelyn, y al final Itzel. El rugido del motor se hizo más agudo en cuanto comenzaron a avanzar. Rodrigo apretó el acelerador hasta el fondo para subir por una larga pendiente. Era necesario salirse de la zona de esquiadores y llegar a la cima por un camino perimetral, después bordearían las crestas de la sierra para no encontrar las rocas que escalaron durante la expedición. A pesar de ir a toda velocidad, Itzel comenzó a impacientarse. El camino era interminable. Al fin llegaron a la parte más alta. El lago se veía pequeño desde ahí.

—¡Sujétense! —advirtió Rodrigo—, entraremos a un terreno desconocido. Puede haber todo tipo de sorpresas.

—¡Miren! —dijo Itzel—, ¡en la nieve!

A unos metros de distancia estaba la marca de otro *snow-mobile* que había pasado recientemente por ahí.

—¡Vamos bien, gracias a Dios!

—¿Estás adivinando el camino, Rodrigo?

*Defensa del tesoro*

—Sí —confesó—. Por favor, no pierdan de vista las huellas de la moto de Ax.

El vehículo comenzó a bajar y a subir un sinfín de cuestas, algunas suaves y otras abruptas. Itzel se concentró en el suelo, pero comenzó a marearse y después extravió el rastro. La senda se hizo intransitable. Ya no había indicios del otro *snowmobile* por ningún lado.

—¿Dónde estamos? —preguntó Rodrigo.

—¡Apaga el motor! —dijo Evelyn—, creí escuchar algo.

El joven obedeció. En efecto, un sonido lejano como el zumbido de un insecto atravesaba el espacio.

—Se está alejando...

—¡Miren! —volvió a decir Evelyn—. ¡Allá!

En un recodo distante se movía la pequeña silueta de Ax sobre su vehículo para nieve.

—¡Hey! —le gritaron—. ¡Entrenador! ¡Aquí estamos!

Pero el maestro no volteó. Lo vieron alejarse y perderse en una curva del altozano.

Rodrigo encendió la moto y regresó para tomar otro camino. A los pocos minutos, se topó con una enorme roca. Volvió a echar reversa y lo intentó de nuevo. Había pocas opciones, pero si elegían la equivocada podían acabar en un desfiladero. Intentaron varias posibilidades y todas fallaron. Varias veces vieron el barranco cerca de ellos. Itzel recordó las palabras de la esquiadora: "La nieve de los caminos se está derritiendo y es muy fácil caer a un precipicio."

—Estamos perdidos —reconoció Rodrigo con voz trémula.

—Apaga el motor otra vez.

A lo lejos se escuchaba un golpeteo rítmico.

—¿Qué es eso? —Preguntó Itzel— ¿Leñadores?

—¡Imposible! Nos encontramos a mil metros de altura.

—¡Por eso mismo, Rodrigo! —aseguró Evelyn—, es posible. En estos lugares no hay vigilancia y tú sabes que talar cierto tipo de árboles está prohibido.

El golpeteo continuaba.

—Tienes razón. Los tipos que hacen eso son peligrosos.

Rodrigo volvió a encender el vehículo e intentó encontrar un sendero rumbo a la dirección en que habían visto a Ax. El camino se hizo llano y al fin aumentó la velocidad. De pronto vieron la silueta de un hombre obstruyéndoles el paso.

—¿Qué hago?

—¡Detente y pregúntale cómo salir de este laberinto! —sugirió Itzel.

—No. El sendero es claro. Voy a seguirme de largo.

—¡Alto! —ordenó el leñador levantando la mano y poniéndose enfrente de la moto.

Rodrigo movió el manubrio para esquivarlo. El tipo tenía un gesto duro pero limpio, como si acabara de bañarse y rasurarse. Sin duda era uno de los taladores clandestinos.

—¡Deténganse! —volvió a gritar el hombre, con tal autoridad que Rodrigo frenó. Al momento se arrepintió de haberlo hecho y dijo a las chicas en voz baja:

—Si tiene una pistola, le entregaremos la moto y correremos, pero si sólo tiene un cuchillo, agárrense fuerte porque voy a acelerar.

El enorme sujeto se acercó a ellos. Tenía la piel extremadamente roja por el frío.

—¿A dónde van? —preguntó.

—A reunirnos con nuestros amigos —mintió Rodrigo—, venimos en cinco motos. Todos andan por aquí. ¿No los ha visto?

—No —dijo el tipo—, pero si siguen por ese camino van a acabar hechos trizas. Hay un precipicio. Les recomiendo que

**Defensa del tesoro**

den vuelta aquí entre estos árboles. Sigan la misma dirección y volverán a hallar el sendero para cruzar a la otra montaña.

—Gracias —Rodrigo puso en marcha el vehículo alejándose del leñador. Luego se detuvo a prudente distancia.

—¿Qué haremos? —preguntó Itzel.

—Ese hombre quiere tendernos una trampa para robarnos la moto. Vámonos de aquí pronto.

Cuando Rodrigo iba a continuar por el sendero llano, Itzel le gritó.

—¡Espera! ¿Dónde se metió?

Lo buscaron con la vista. No estaba por ningún lado.

—Se escondió —dijo el muchacho—, de seguro está esperando entre los árboles para matarnos.

—No lo creo —dijo Evelyn—, si hubiera querido hacernos daño, lo hubiera hecho ya. ¡Aquí nadie podría ayudarnos!

—Además —dijo Itzel sintiendo un escalofrío repentino—, ¿cómo supo que queremos cruzar hacia la otra montaña? ¡Nunca se lo dijimos!

Se bajó de la moto y caminó cautelosamente.

—¿A dónde vas?

—Quiero averiguar...

Evelyn la imitó. Siguieron a pie por varios metros y vieron con terror que, en efecto, el camino por el que iban hacía una pequeña curva y terminaba en un risco de varios cientos de metros de altura. Un águila planeaba por los aires.

—¡Cielos! —dijo Rodrigo con pavor—. ¡Era verdad! Nos hubiéramos caído a este barranco...

Volvieron caminando hasta la moto. El golpeteo había cesado. Itzel comenzó a hablar con la vista perdida.

—¡Hace varios meses, cuando la camioneta me iba a pasar encima de la cabeza, sentí en un tirón en el hombro! ¡Alguien me jaló para salvarme la vida! ¡Y ahora sucede esto!

Evelyn estaba pasmada. Itzel siguió pensando. Gotas de sudor le escurrían por la frente. De pronto gritó:

—¡Hay que darnos prisa! ¡Ax va a tener un accidente!

—¿Cómo lo sabes?

—Dios mío, Dios mío... —una corriente helada la estremeció. Estaba como enloquecida—. ¡Me lo dijo la mujer que subió conmigo en las barras T! ¡Esa mujer! ¡Yo sabía que la había visto antes! Pero no la reconocí porque traía puesto diferente uniforme. ¡Es ella! Es la misma.

—¿De qué hablas?

Sintió un escalofrío que le adormeció hasta la cabeza mientras explicaba.

—¡La policía que me obligó a caminar por el parque el día que había decidido irme de la casa!

—¿Te sientes bien?

—¡Rodrigo, tenemos que irnos! ¡Pronto!

Transitaron entre los árboles como les había instruido el extraño y encontraron sin problemas el puente rocoso que unía las dos montañas. Bajaron con el acelerador puesto al máximo rumbo a la guarida de Rachyr. Después de treinta minutos pudieron ver las rocas verticales.

*Ya estamos cerca...*

Escucharon una fuerte explosión y sintieron que el piso temblaba. Rodrigo detuvo la moto.

—¿Qué fue eso? —preguntó Itzel aterrada.

—No lo sé —respondió el joven, lleno de pavor.

Siguieron avanzando muy despacio.

—Estas enormes paredes —susurró Rodrigo— se parecen a las que vimos con Ax. Debe estar muy cerca. Busquen la moto. Tuvo que dejarla estacionada para poder entrar a la cueva.

—No —dijo Evelyn—. Estás en un error.

—¿Por qué?

—Ax no pudo bajar las escaleras interiores de la cueva porque si Rachyr estaba enfermo necesitaría cargarlo cuesta arriba para llevarlo a la moto.

—¿Entonces crees que...? —Se detuvo—. ¡Era imposible! Itzel gritó.

—Miren hacia arriba.

Un águila como la que habían visto en el precipicio planeaba sobre sus cabezas.

—No entiendo.

—¿Por qué es peligroso cruzar el cañón del sueño eterno?

—Porque la nieve que está sobre él puede derrumbarse...

—Pues estas paredes se parecen mucho a las del cañón.

—¡Pero no tienen nieve en la cima! —concluyó Rodrigo—. ¡Dios Santo! ¡La nieve del techo se cayó! ¡Ese fue el tronido que escuchamos! ¡Por eso no vemos la moto de Ax! ¡Estamos sobre ella!

—¡Pronto! —gritó Evelyn al borde de la histeria—. ¿Trajiste el *transceiver*?

Rodrigo abrió la mochila de provisiones temblando, sacó el radiolocalizador y lo encendió. Las luces rojas del aparato comenzaron a parpadear con rapidez y de inmediato se escuchó un tono agudo intermitente. El joven caminó cuesta abajo y los pitidos se hicieron menos frecuentes. Regresó sobre sus pasos y subió un poco más. Los tonos aumentaron de velocidad. Siguió buscando hasta que el ruido se volvió continuo.

—Aquí... Aquí está. Traigan las palas.

Los muchachos trabajaron escarbando con un ritmo desesperado. La nieve casi líquida era muy suave, pero resultaba pesada para mover. En menos de cuatro minutos hicieron un hoyo de un metro y medio de profundidad. Sabían que tenían poco tiempo. ¿Cuántos minutos podría sobrevivir un hombre enterrado bajo la nieve? ¿Diez? ¿Doce, tal vez? ¿Cuánto tiempo tenía que habían escuchado el derrumbe? ¡Estaban en el límite! Si no cavaban rápido hallarían un cadáver.

Siguieron escarbando. Casi a los dos metros de profundidad, la pala de Rodrigo se atoró.

—¡Aquí hay algo!

Las chicas se concentraron en el mismo sitio y al instante encontraron un brazo. Luego una mano. Fueron descubriendo el cuerpo hasta llegar a la cabeza. Ax estaba inconsciente. Trataron de despertarlo y hacerlo respirar. Al principio no hubo reacción, pero repentinamente el entrenador tosió y se convulsionó un poco. Luego hizo una inspiración profunda y abrió los ojos.

—Todo está bien —le dijo Itzel—. No se preocupe. Vamos a terminar de sacarlo.

—¡Rachyr! —susurró Ax con la lengua pegada al paladar—. ¡Encuéntrenlo! Está debajo de la nieve también.

Los muchachos reanudaron la búsqueda.

No fue difícil hallar al anciano indio. Se encontraba abrazado fuertemente a la cintura de Ax. Por desgracia, su cuerpo ya no reaccionó.

# INVENCIBLE

## conclusión

# 1

Itzel contempló las montañas a través de la ventana del avión. El verano había comenzado y sólo quedaba nieve en lo más alto de la cordillera. Varios barcos de pesca surcaban el lago azul. Observó con tristeza el pequeño pueblo en el que había pasado los últimos once meses. ¡Se veía tan pequeño y sin embargo una gran parte de ella se quedaba ahí! ¡Cuánto aprendizaje! ¡Cuantas alegrías y decepciones!

Babie la había ayudado a empacar y a poner todas las cosas de Jerry en su lugar. Jerry volvería de Francia dos días después de que Itzel se hubiera ido. Las chicas se divirtieron mucho arreglando la habitación. Itzel invitó a Babie a ir el siguiente año a México para aprender español. Babie preguntó si hablaba en serio e Itzel le dijo que sí, por supuesto, su madre estaba acostumbrada a tener invitados en casa. Entonces la norteamericana fue corriendo a decírselo a Tiffany.

Después del campeonato de esquí, Itzel salió con Rodrigo varias veces. Solían sentarse a charlar uno frente al otro como suelen hacerlo los buenos amigos, pero el muchacho hablaba poco. Le encantaba observar a Itzel y reírse de todas sus ocurrencias. Por su parte, ella se volvía más bromista junto a él, inventaba adivinanzas y juegos de ingenio. Cierta tarde, mientras dibujaba un laberinto sobre la servilleta para retar a Rodrigo a encontrar las posibles salidas, el joven le acarició la cara. Itzel se quedó quieta.

—Prométeme que vas a regresar.

Ella titubeó y se hizo un poco hacia atrás. Él entonces le tomó la mano.

—¿Para qué?

—Cuando termine mi carrera y quiera formar una familia... no sé... He estado pensando que... a mí me gustaría casarme con alguien como tú...

—¿Perdón?

—Eres maravillosa, Itzel. ¿Cómo voy a casarme contigo si vives tan lejos?

Ella se ruborizó.

—Pues... Pues... trabaja mucho y vuélvete millonario para que vayas por mí en tu propio avión. No. En avión no. Mejor en tren. Compra un tren con muchos vagones e invítame a conocer el mundo. Si haces eso por mí, aceptaré.

—Me la pones difícil... ¿Y por qué no, por lo pronto, te quedas un año más? Dicen que para dominar cien por ciento un idioma extranjero se necesitan dos años.

—Bueno... Yo ya aprendí lo que tenía que aprender. Además, ¿para qué complicarme tanto la vida si mi marido va a entender español?

Rodrigo rio.

—Tienes razón.

—¿Ahora vas a dejarme terminar mi laberinto?

Él le soltó la mano y le permitió continuar con el juego sobre la servilleta. Nunca más volvió a mencionar el asunto. Tampoco volvió a tocarla ni le pidió que fuera su novia, pero en el aeropuerto, antes de que ella entrara a la zona de seguridad, frente a Babie, Tiffany, Alfredo, Ax y todos los jóvenes del equipo, se atrevió a besarla en los labios. Fue un beso breve pero firme y tierno. Ella abrió mucho los ojos y se quedó quieta como guardando la repiración. Tardó en regresar a la realidad. Lo hizo sólo cuando escuchó los silbidos, exclamaciones y aplausos de los demás jóvenes.

El avión siguió ascendiendo y el pueblo se perdió detrás de las nubes. Itzel respiró. Estaba, al mismo tiempo, entusias-

172

mada, alegre, fatigada y nostálgica. Bajó la cortinilla del avión y trató de descansar, aunque sabía que no dormiría. Durante las últimas semanas había adquirido un insomnio crónico. Cuando cerraba los ojos, su mente recordaba las escenas vividas con tanto realismo que le era imposible conciliar el sueño. El rostro sin vida de Rachyr, por ejemplo, se le venía a la memoria con frecuencia.

Nunca había visto a una persona muerta. En el sepelio de su padre, la caja estuvo herméticamente cerrada y no la dejaron acercarse mucho. Era curioso cómo el cuerpo humano podía parecer tan artificial cuando el alma se había ido. Y es que en cuanto sacaron a Rachyr de la nieve y lo recostaron boca arriba, Itzel observó de inmediato que el anciano había perdido su color rosado. Ax se recuperó del trauma con relativa rapidez y trató de darle primeros auxilios al anciano. Fue inútil. Lo llevaron cargando hasta su refugio.

—¿Debemos enterrarlo aquí? —preguntó Evelyn.

—Tal vez —respondió Ax—, pero no ahora. Avisaremos a las autoridades y pediremos un permiso...

—Cuando usted llegó a verlo, ¿él estaba bien?

—Más o menos. Como tenía la sospecha de que necesitaría llevarlo a un hospital, no detuve la moto arriba, en el lugar seguro, junto a la entrada de la cueva, sino que me arriesgué a bajar por el cañón hasta la guarida. Encontré a Rachyr delirando y con mucha fiebre. Tuve que cargarlo hasta la moto y cuando comenzamos a subir la pendiente, el techo del cañón se derrumbó. Fue lo más aterrador que me ha ocurrido. Al oír el rugido de la nieve deslizándose sobre nosotros pensé que estaba soñando. Antes de que el derrumbe terminara pude poner los brazos frente a mi cara para provocar un espacio de aire. La oscuridad nos envolvió. De inmediato me di cuenta de que no sobreviviríamos. Quedamos como embutidos en una masa de concreto. El pánico me invadió y traté de luchar contra la presión, pero en mi mente se instaló el pensamiento de que alguien nos rescataría y dejé de moverme para respirar despacio el poco aire que tenía. Era como si una voz ajena me susurrara al oído que debía resistir. Fue muy extraño. ¿Ustedes qué hacen aquí? ¿Cómo llegaron? ¿No se supone que a esta hora deberían estar recibiendo sus premios en la fiesta de clausura?

Evelyn y Rodrigo miraron a Itzel.

—Ella nos convenció de que viniéramos.

—¿Por qué?

Itzel le respondió con otra pregunta.

—Entrenador, ¿es verdad que usted encontró a una mujer esquiadora muy guapa en el garaje, cuando estaba preparando la moto?

—Sí.

—¿Qué le dijo?

—Me preguntó a dónde iba y me advirtió que no viniera solo, pues la nieve estaba derritiéndose y era muy peligroso.

—¡Exacto! ¿Quién era esa mujer?

—No sé... Nunca antes la había visto.

—¡Pero yo la encontré después, subió conmigo en las barras T, me dijo que lo conocía y que usted corría un grave peligro.

Ax no supo qué decir. Luego Evelyn comenzó a hablar sobre el sujeto que los había salvado de caer a un barranco...

El entrenador se quedó pensativo, luego bajó la cabeza y comenzó a llorar. Sus alumnos lo abrazaron. Estuvieron así un largo rato, conmovidos por estar vivos y agradecidos por lo que no podían entender.

—El mundo está lleno de milagros —dijo el maestro después, limpiándose las lágrimas—. Este hombre, por ejemplo, defendió hasta el último día de su vida un código secreto en el que aseguraba ser invencible.

—¿A qué se refería?

—Hay varias leyendas indígenas. Una afirma que los fantasmas de la pereza, el odio, la venganza, la envida, la lujuria, la tristeza y el miedo habitan entre los coyotes, y cuando ellos se acercan, traen consigo toda una legión de demonios. Los indígenas hacían fogatas y rituales para ahuyentar a esos animales, pero no los mataban porque su filosofía dictaba que el mal debe existir para que los hombres tengamos la oportunidad de hacerle frente, *vencerlo* y elegir el bien. ¡A eso se referían con la palabra «invencible»!

# 2

Itzel volvió a abrir la cortinilla y se abanicó con la revista del avión. El pasajero que iba a su lado volteó a verla.

—Hace calor aquí, ¿no?

Sacó las láminas que le había regalado Ax y las hojeó. Necesitaba distraerse. Pensar en otra cosa. Leyó los títulos de la última página. Era una especie de conclusión del curso.

▶ Los mapas muestran el camino para llegar a una meta.

▶ El éxito de gobiernos, empresas, pequeños negocios, familias e individuos depende de sus mapas.

▶ Quienes tienen buenos mapas, y los siguen, tarde o temprano logran sus metas.

▶ Existe un mapa de cinco pasos para volverse invencible.

1. **ARMA UNA CUEVA DE ESTRATEGIA**. Retírate a un espacio personal, todos los días, y logra una mejor visión de tu vida.

2. **ESTABLECE UN CÓDIGO SECRETO**. Construye declaraciones que te definan y gobiernen.

3. **USA UN DISFRAZ DE CAPITÁN**. Cuida de tener siempre el aspecto de un triunfador.

4. **PARTICIPA EN MISIONES COMPLEJAS**. Atrévete a enfrentar grandes retos que forjen tu carácter y haz que las cosas más extraordinarias sucedan.

5. **DEFIENDE TU TESORO**. Recuerda que el tiempo es tu capital más valioso. Aprovechándolo bien, en tus prioridades, lograrás darle a tu vida un verdadero sentido.

▶ Conviértete cada día en una mejor persona.

▶ Importa más lo que eres que lo que tienes.

▶ Dios te ha permitido vivir para que, con Él, enfrentes el mal y te vuelvas invencible.

A continuación, había tres recomendaciones sobre cada uno de los puntos del mapa. Dejó de leer. Las revisaría más tarde. Aunque la conclusión le parecía reiterativa, ya no le molestaban tanto los instructivos exagerados. Dejó que su mente volviera a los recuerdos.

# 3

Estaban charlando con Ax cuando se escucharon los zumbidos de dos motores acercándose a la guarida de Rachyr. Todos se pusieron de pie y salieron.

Alfredo Robles venía con Caroline en una moto, y Stockton

con Walton, en otra. Se veían felices. Habían ganado varios premios, pero decidieron no quedarse a la ceremonia final. Apenas llegaron, apagaron los motores y preguntaron cómo estaba Rachyr.

Ax explicó lo sucedido y Alfredo Robles se quedó estático. Después movió la cabeza e hizo varias preguntas como para rectificar si había escuchado bien.

—¿Dices que Rachyr murió y que tú estuviste a punto de morir también aplastado por una avalancha?

—Así es.

—¿Y que tu moto sigue enterrada bajo la nieve?

—¡Ahí está el agujero!

—¿Y que los chicos llegaron a tiempo para sacarte?

—Yo tampoco lo podía creer.

Hubo una larga pausa. Los últimos copos de nieve adheridos a las rocas del cañón caían esporádicamente.

Ax preguntó.

—Y a ustedes, ¿cómo les fue en las competencias?

—Tu equipo arrasó con las medallas.

Itzel bajó la vista. Sólo ella había hecho un mal papel.

Ax la abrazó por la espalda.

—Estoy rodeado de campeones, pero esta pequeña es la número uno. Deben felicitarla, no por lo que ha ganado sino por el tipo de persona en que se está convirtiendo.

Los muchachos del equipo asintieron. Itzel no era la mejor esquiadora, pero se sentían orgullosos de tenerla entre ellos.

—Debemos irnos —dijo el entrenador—. No podemos dejar el cuerpo de Rachyr aquí y regresar después con las autoridades. Los coyotes podrían adelantársenos. Necesitamos improvisar una camilla para llevarlo hasta la otra montaña.

Los chicos se movieron en busca de lo necesario. Con

gran rapidez consiguieron un fuerte lienzo de piel y comenzaron a amarrarlo a dos palos para hacer la camilla. Itzel cooperó como autómata, pero su mente estaba en otro lado.

# 4

Volvió su vista a los apuntes y leyó rápidamente la lista de pasos.

## UNO

**a**. Ordena tus cosas y documentos.

**b**. Crea una libreta con un diario breve, reflexiones de superación, una sección de dinero, calendario, datos, metas y código secreto.

**c**. Haz ejercicios de previsión hablando contigo mismo, analizando fríamente la realidad, calculando los riesgos y tomando decisiones serenas.

## DOS

**a**. Aprende a fantasear. Elimina las visiones negativas, amplifica las positivas y trabaja con ellas hasta hacerlas claras.

**b**. Escribe lo que deseas llegar a ser. Haz tus frases en presente, primera persona, con precisión y con pasión.

**c**. Trabaja y actúa todos los días conforme a tu código secreto. Prueba con *hechos* que eres la persona que has declarado.

## TRES

**a**. Analiza el disfraz de los triunfadores e imita los rasgos buenos. Crea tu disfraz y respáldalo actuando conforme a él.

**b**. Cuida los diez puntos básicos de tu imagen: ropa y zapatos impecables, accesorios discretos, vocabulario respetuoso, cabello arreglado, buen aliento, baño diario, buen humor, aspecto saludable, modales educados y seguridad al hablar.

**c**. Sin caer en la presunción o la jactancia, habla de tus logros, hazte publicidad discretamente y colecciona diplomas.

## CUATRO

**a** Métete en problemas de consecuencias positivas. Organiza proyectos, emprende negocios y participa en concursos.

**b**. Destaca en un deporte, una materia escolar o una actividad artística. Haz presentaciones públicas.

**179**

**c**. Aprende a discutir con elegancia y a defender tus derechos.

## CINCO

**a**. Pon atención al reloj. Establece límites cortos y exigentes. No le tengas miedo a la presión de tiempo.

**b**. Establece tus prioridades y dale tu tesoro sólo a cosas y personas importantes.

**c**. Sé puntual, trabaja con inteligencia y respeta tus momentos de descanso.

# 5

El lago brillaba reflejando la figura de las montañas como si fuera un espejo ondulado en movimiento. Esporádicas chispas de luz centellaban sobre la superficie y algunos pececillos saltarines hacían de vez en cuando su aparición en el aire.

Itzel movía muy despacio el remo izquierdo del bote, mientras su madre impulsaba el derecho.

—Ahora entiendo por qué a mi papá le gustaba tanto este lugar.

—Es majestuoso, ¿verdad?

—¿Me dijiste en tu carta que cuando yo tenía dos años, vinimos los tres aquí para celebrar?

—Sí. Fue un fin de semana lleno de alegría. Estábamos conmovidos porque, sin ninguna explicación científica, tú te recuperaste de aquella rara enfermedad. Ya te he platicado esa historia.

—Quiero oírla de nuevo.

—Cuando comenzaste a caminar, te movías con la rigidez de un robot. Algo estaba mal en tu sistema locomotor. Te hicieron exámenes exhaustivos y al final te diagnosticaron un padecimiento degenerativo de los huesos. Dijeron que estabas destinada a perder la movilidad poco a poco hasta quedar para siempre en una silla de ruedas. Cuando nos dieron la noticia, sentimos que era una pesadilla. Tu padre y yo no hablamos durante las siguientes horas. El peso de la tragedia aplastó a nuestra familia. En esos momentos nos dimos cuenta de cuán vulnerables somos. No importa si una persona es rica, famosa o influyente; cuando sobreviene una enfermedad o un accidente, sólo puede ponerse de rodillas y pedir ayuda al Creador.

—¿Eso hicieron?

—Sí. Itzel, es increíble todo lo que te pasó ayer después de la competencia de slalom. La muerte de Rachyr y cómo salvaron a Ax. Pero yo creo que nadie es invencible por sus propias fuerzas. En cambio, unidos al Creador, todos lo somos. Tú lo eres Itzel. Dios te ha dado un regalo especial porque estás sana. Comenzaste a mejorar por ti misma. Meses después, te llevamos con otros médicos y recibimos una gran sorpresa. El diagnóstico de tu enfermedad había sido equivocado. «Estas radiografías», dijo uno de los doctores, «no son de la misma niña; aquí ha habido un grave error, ¡esta pequeña está sana!». Tu padre y yo nos miramos sin hablar. Ambos sabíamos que las radiografías eran legítimas y te las habían tomado a ti. Se lo dijimos al doctor y él se encogió de hombros sin saber cuál era la explicación. Pero nosotros lo sabíamos. Los milagros existen y Dios había dicho que <u>sí</u> a nuestras oraciones. Al día siguiente tomamos un avión y vinimos a este lago para celebrar y dar gracias.

—Sí, sí —dijo Itzel—. La historia es muy romántica, pero cuéntame cómo reaccionó mi papá cuando supo que yo me quedaría inválida. ¿Siguió riendo y haciendo bromas?

—No, hija. La noche en que te hicieron aquel diagnóstico fuimos a la cama y tratamos de dormir. Ninguno de los dos pudimos hacerlo. Permanecí con los ojos cerrados cuando oí que tu papá se levantó. Él fue hasta tu cuna y te acarició. Estabas dormida. Habló contigo. Te dijo palabras dulces y la voz se le quebró. Siguió contemplándote durante mucho tiempo. Luego lo oí sollozar. Te dijo: «Hija, desde que naciste, he soñado con verte crecer, enseñarte todo lo que yo sé y disfrutar la vida a tu lado. Quiero ayudarte en tus problemas, tomarte de la mano durante las crisis y sonreír a tu lado en las victorias, ¡ser tu consejero y amigo! Hoy me siento impotente. No puedo hacer nada por ti, Itzel. Sólo arrodillarme y pedir un milagro —entonces se postró junto a tu cuna y rompió a llorar con fuerza—. ¡Sánala, Señor!, por favor, libera a mi hija de esta enfermedad. ¡Quiero verla crecer, acompañarla a sus concursos, a sus partidos, a su graduación y a su boda! Déjala que esté a mi lado siempre, pero de pie. Itzel no puede ser inválida. Dale la oportunidad de vivir una vida normal, hacer deporte y ser feliz». Pasó toda la noche llorando junto a tu cuna. No quise interrumpirlo mientras se desahogaba, pero yo también lo hice mordiendo la almohada. Esa noche lo amé aún más porque, aunque casi nunca hablaba de sus sentimientos profundos, supe que estaba loco de amor por nuestra hija.

Itzel dejó de remar y miró a su alrededor. Trató de respirar el aire puro para contener el sufrimiento, pero de pronto se dio cuenta que ya no necesitaba aguantarse más. Agachó la cabeza, se tapó la cara con ambas manos y comenzó a llorar. Fue una explosión interna. Las lágrimas salían de sus ojos con abundancia y los sollozos entrecortados comenzaron a sacudirla. Beky, sentada junto a su hija en la banca del bote, dejó de remar y la abrazó, sin poder evitar que se le salieran las lágrimas también.

Itzel no podía controlarse. Habían sido muchos años de fingirse fuerte y presumir que, como su padre, nunca lloraba. Ese día se estaba uniendo al dolor de su pasado y a la perplejidad de circunstancias que no podía comprender. Aunque se había golpeado mucho en los accidentes de esquí, caminaba perfectamente y no tenía ninguna enfermedad degenerativa de los huesos, pero su padre se había ido... ¿Qué era mejor?

Al fin, reprimió un poco su llanto y dijo:

—Eso nunca me lo habías platicado.

—Bueno —respondió Beky—, los llantos y las tristezas

casi nunca se cuentan. Ocurre como en los álbumes familiares. Hay fotografías sólo de los instantes alegres, pero para que esos momentos existan, las personas necesitamos pasar por días de tristeza que no suelen fotografiarse.

Itzel siguió sollozando. Sin tratar de reprimirse. Comentó:

—Yo jamás vi llorar a mi papá y pensé que no lo hacía.

—Pues pensaste mal. En las películas tristes o en conferencias espirituales, sus ojos se llenaban de lágrimas con mucha facilidad, incluso más que los míos.

La adolescente se llevó las manos a la cara y continuó desahogándose. Después murmuró.

—Gracias, mamá. Me dio mucho gusto que vinieras a ver mi competencia de esquí.

—No me interesaba tanto esa competencia. Quería estar contigo.

# 6

Ax fue el último en hablar con Itzel antes de que subiera al avión.

—Te voy a extrañar mucho —le dijo

En la voz del hombre se notó el cariño sincero hacia la joven que podía ser la hija que nunca tuvo.

Itzel asintió. No le era posible hablar con fluidez. Desde que estuvo en aquel bote de remos con su madre se conmovía fácilmente y lloraba por todo. Eso le impedía conversar con la misma soltura. Quiso decirle a Ax que lo admiraba por haberle regalado su mapa, por haber estado dispuesto a dar la vida salvando a Rachyr y porque gracias a él había aprendido que lo verdaderamente valioso de cada lugar no son las riquezas materiales sino la calidad de las personas.

Cuando iba a hablar, se le quebró la voz y prefirió abrazar a su entrenador. Lo abrazó largamente y con mucha fuerza. Luego se dio la vuelta y entró a la zona de seguridad del aeropuerto.

# 7

Papá:

Voy de regreso a mi país después de un año de estar lejos. El piloto anunció que empezamos a descender y yo necesito escribirte esta carta antes de que el avión aterrice.

Me siento a punto de estallar en llanto otra vez. Y es que nunca me imaginé que haría esto, pero es necesario.

Quiero despedirme de ti.

He vivido enojada contigo los últimos años porque te moriste. Muchas veces te he reclamado con gritos y cartas groseras. Te he dicho que eras un loco, un chiflado, un inmaduro, el mono preferido de mi madriguera, que te faltaba un tornillo y demás.

Ya no voy a hacer eso.

La muerte es algo muy horrible para quien no tiene fe, pero para quien sabe que Dios existe y que hay, de verdad, una vida mejor después de esta, la cosa es menos complicada.

Yo he sido testigo de manifestaciones muy grandes de Dios últimamente. Podría hacerme la tonta y decir que fueron puras casualidades, pero no es así. Mi abuela dedicó los últimos días de su vida a la bendición de sus hijos y nietos, y cuando alguien hace eso de verdad, los ángeles se mueven y actúan. Creo en eso. También creo que Dios nos da ciertas tareas y nos lleva con él cuando las terminamos. ¿Cómo puedes expli-

184

car que sacamos al entrenador de una tumba segura? Todos me agradecieron a mí, pero yo no hice nada... Hubo muchas coincidencias y elementos extraños que nos ayudaron a salvar a Ax. Yo tampoco morí atropellada, ni en un barranco, ni me rompí a la mitad por mis caídas esquiando. Sentí el control de Dios en los momentos difíciles, y sé que no hay errores ni casualidades.

Papá, me has hecho mucha falta y seguiré sintiendo tu ausencia siempre, pero hoy he decidido dejarte ir. Ya no quiero darte lata ni que te preocupes por mí cada vez que me desahogo contándote mis penas. Seguramente has sufrido mucho viéndome desde donde estás, sin poder abrazarme y consolarme.

Hoy estoy segura de que me querías. También estoy segura de que no deseabas abandonarme.

Adiós, papá.

Te admiro y te respeto, te amo y siempre lo haré. Estoy orgullosa de ser tu hija. No volveré a escribirte, pero quiero que sepas que estoy muy agradecida contigo porque me diste la vida y quisiste siempre que yo fuera feliz.

Tu hija,

Itzel.

# Obras del mismo autor

NOVELA DE SUPERACIÓN
PARA PADRES E HIJOS

NOVELA DE VALORES SOBRE
NOVIAZGO Y SEXUALIDAD

CURSO DEFINITIVO
SOBRE CONDUCTA SEXUAL

NOVELA DE VALORES
PARA SUPERAR LA
ADVERSIDAD Y TRIUNFAR

UNA IMPACTANTE
HISTORIA DE AMOR CON
MENSAJES DE VALORES

NOVELA DE SUPERACIÓN
PERSONAL Y CONYUGAL

TRAICIONES, RUPTURAS Y
PÉRDIDAS AFECTIVAS.
ESTE LIBRO ES UN ANTÍDOTO

EDUCACIÓN INTEGRAL
DE TRIUNFADORES

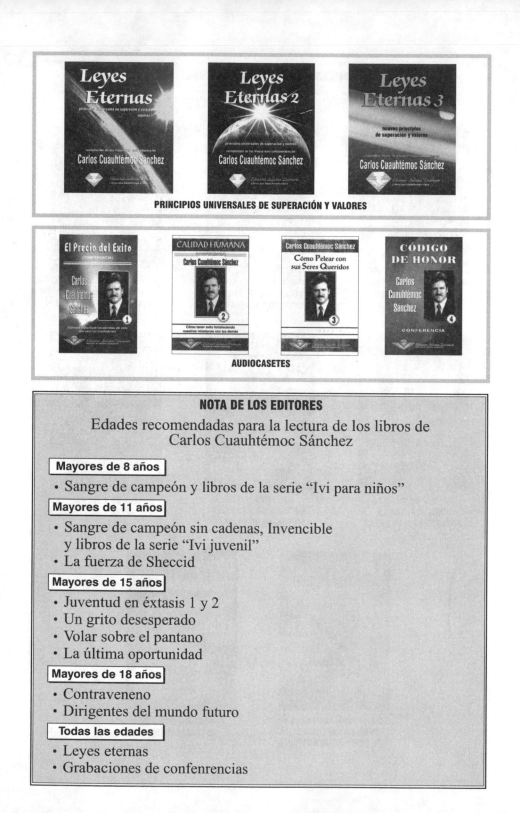

**PRINCIPIOS UNIVERSALES DE SUPERACIÓN Y VALORES**

**AUDIOCASETES**

## NOTA DE LOS EDITORES

Edades recomendadas para la lectura de los libros de
Carlos Cuauhtémoc Sánchez

**Mayores de 8 años**

- Sangre de campeón y libros de la serie "Ivi para niños"

**Mayores de 11 años**

- Sangre de campeón sin cadenas, Invencible
  y libros de la serie "Ivi juvenil"
- La fuerza de Sheccid

**Mayores de 15 años**

- Juventud en éxtasis 1 y 2
- Un grito desesperado
- Volar sobre el pantano
- La última oportunidad

**Mayores de 18 años**

- Contraveneno
- Dirigentes del mundo futuro

**Todas las edades**

- Leyes eternas
- Grabaciones de confenrencias

# Colecciona la literatura
# de superación para niños y jóvenes
# más importante de la década

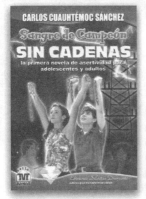

La primera novela de
asertividad que
enseña al lector a
comunicarse
claramente y defender
sus derechos

Una interesante historia
juvenil que sintetiza
los 5 principios para
triunfar en la vida

Emocionante novela
con las 24 directrices
para convertirse
en Campeón

# SOBRE EL AUTOR

**Carlos Cuauhtémoc Sánchez**, es escritor de vocación, licenciado en Ingeniería, especializado en alta dirección de empresas. Nació en la ciudad de México el 15 de abril de 1964. Es autor de los libros: Un grito desesperado (1992), Juventud en éxtasis (1993), La última oportunidad (1994), Volar sobre el pantano (1995), La fuerza de Sheccid (1996), Juventud en éxtasis 2, (1997), Dirigentes del mundo futuro (1998), Contraveneno (1999), Sangre de Campeón (2001), Sangre de Campeón Sin cadenas (2002), Sangre de Campeón Invencible (2003).

La Revista *Time* de Nueva York, en su edición especial de octubre, 15 del 2001 dice de él: «En un tiempo en el que los muchachos parecen crecer demasiado rápido, expuestos a presiones que sus padres nunca tuvieron, Carlos Cuauhtémoc Sánchez, está tocando el corazón de lectores jóvenes, con un profundo mensaje moral, que lo convierte en el guía cultural ético de moda para millones de lectores».

El periódico *Wall Street Journal* en marzo 17 del 2000 comenta: «Carlos Cuauhtémoc Sánchez ha vendido casi tantos libros como los superestrellas, el Premio Nobel colombiano, Gabriel García Márquez y otros. El autor mexicano de los best sellers, da un mensaje moral condimentado».

El Periódico *Reforma* en Octubre 14 y 16 de 1997, dice: «Una encuesta realizada por el departamento de investigación del Reforma, señaló que los autores más leídos y preferidos de los universitarios mexicanos son Gabriel García Márquez, Hermann Hesse y Carlos Cuauhtémoc Sánchez. Son el hit parade la literatura».

Los Ángeles *Times*, en junio 25 del 2002, asegura: «Para miles de personas, Carlos Cuauhtémoc Sánchez, es una combinación entre la versión hispana del conferencista Tony Robbins y un amado sacerdote. Es un líder espiritual que motiva a las personas en los momentos más duros de sus vidas. Con sus libros sobre la familia, el perdón, la fe y la formación del carácter ha llegado a ser el guía cultural de moda para los millones de personas en Latinoamérica que se han conmovido con sus profundos mensajes. Entre los Latinos en California del sur, él representa tanto como los gigantes de la literatura».

*El Día* en Houston, Texas, el 24 abril 2003, menciona: Carlos Cuauhtémoc Sánchez, el escritor que hace de la ayuda a los demás una experiencia de vida y que ha sabido transmitir sus vivencias y las de otros, logró conquistar el corazón de Latinoamérica. El autor mexicano cuyos libros han recorrido América Latina, y ha inspirado a tanta gente a mirar la vida de otra manera, estuvo ayer en el Día».

Todos los libros de Carlos Cuauhtémoc Sánchez han alcanzado la categoría de best sellers y varios de ellos han sido traducidos al inglés, al francés y al portugués.

El autor ha sido colaborador en diversos foros de radio y televisión como especialista en el área de formación humana. Obtuvo el «premio nacional de las mentes creativas» otorgado por la Dirección general del derecho de autor y el «Premio nacional de la juventud en literatura» otorgado por el Presidente de la República Mexicana. Ha impartido conferencias magnas en los principales auditorios de Estados Unidos, Puerto Rico, República Dominicana, Guatemala, El Salvador, Panamá, Colombia, Ecuador, Argentina, etcétera. Ha sido distinguido como el «escritor del año», galardonado con el «sol de oro», designado como «premio Toastmaster de la excelencia en la expresión oral» y reconocido por diversas organizaciones de ayuda social como uno de los motivadores de superación personal y familiar más importante de nuestra época.

Esta obra se terminó de imprimir en marzo del 2004
en los talleres de Imprentor, S.A. de C.V.
ESD-49-3-M-25-03-04